DYFED EDWARDS

Llwybrau Tywyll

Llwybrau Tywyll

Argraffiad cyntaf: 1999

Cynllun y clawr: Gwion Prydderch

Rhif Llyfr Rhyngwladol: 0 86243 505 6

Cyhoeddwyd yng Nghymru
ac argraffwyd ar bapur di-asid a rhannol eilgylch gan Y Lolfa Cyf, Talybont, Ceredigion SY24 5AP
e-bost ylolfa@ylolfa.com
y we www.ylolfa.com
ffôn (01970) 832 304
ffacs 832782
isdn 832 813

Cynnwys

1/ *Ei angel, ei drysor, ei fywyd*

18 Rhagfyr 1991

PE BAI O heb ffraeo hefo hi, byddai Robert heb gamu o'r glaw a ddrylliai'r strydoedd i'r swyddfa bost fechan. Pe bai o wedi gwrando ar ei wraig a honno'n dweud: "Mi ddaw'r hogan ati hi ei hun, 'dach chi'ch dau cyn waethed â'ch gilydd", ni fyddai wedi mentro i'r pentre y diwrnod hwnnw. Pe bai o heb deimlo'r euogrwydd fel plwm yn ei stumog, mae'n debyg y byddai'r cwnstabl wyth a deugain oed wedi cyrraedd ei hanner cant a phump, wedi ymddeol yr adeg honno, ac erbyn heddiw'n tendio'r ardd yng nghefn ei dŷ pâr. Pe bai...

Ond ddaru o ddim.

* * *

'Dolig oedd achos y dwrdio. Doedd hi ddim am ddŵad adra wir, meddai hi. Doedd hi ddim am dreulio'r gwyliau yn y tŷ twll 'na a rannai efo'i ffrindiau a'r hogyn gwallt hir 'na o Newcastle, be oedd enw'r twl-al hefyd, meddai yntau.

"Peter. Dyna 'di 'i enw fo, Dad. Peter. Nid 'hwnna', nid 'yr hogyn gwirion 'na', nid... nid... ," roedd hi wedi gweiddi i lawr y ffôn dridiau ynghynt, "... 'y dyn du'!"

Ia, dyn du oedd Peter. A dyn du oedd dyn du i Robert,

er i'w ferch gwyno droeon na fyddai o byth yn galw dyn gwyn yn "ddyn gwyn". Fyddai o byth yn ei ystyried ei hunan yn hiliol. Sawl gwaith y buo fo'n dweud wrth y llafnau ifanc ar y teras am gau eu cegau rhag iddo fo roi cefn llaw i'r cwbl lot ohonyn nhw am iddyn nhw wneud synau mwnci ar chwaraewr tywyll ei groen o dîm y gwrthwynebwyr? Sawl gwaith y berwai'r gwaed wrth iddo wylio'r Ffrynt Genedlaethol ar y teledu? Ond sawl gwaith y chwarddai yntau'n ysgafn wrth wrando ar jôc un o'i gyd-weithwyr? Er hynny, fyddai o byth yn ei gyfrif ei hun yn berson hiliol.

A diwedd y gân oedd mai dyn du oedd Peter; dyn du a dyna fo.

"Does gan hynny ddim i'w wneud â'r ffaith fod dy fam a finnau am i ti ddŵad adra dros y 'Dolig."

"Wel, dydw i ddim yn dŵad adra dros 'Dolig, a dyna fo."

"Wyt ti am ein gadael ni yma ar ein pennau ein hunan, felly? Ia, g'na di hynna, paid ti â phoeni amdanan ni."

"O, Dad, peidiwch â dechrau'r lol wirion 'ma. Blacmêl emosiynol. Druan o Dad a Mam. Wedi gneud cymaint dros eu hogan fach nhw, a tydi hi ddim isio'u nabod nhw hyd yn oed. C'wilydd ohonyn nhw. Dw i'm yn wyth oed rŵan, Dad. Dw i'm yn credu bellach fod Mam am adael cartra os dw i'n hogan ddrwg. Gewch chi stopio hynny rŵan."

Ymbalfalodd Robert am eiriau ond doedd ganddo'r un ateb i'w gynnig.

Difaru a ddaru o. Hi oedd pob dim iddo. Ei angel, ei drysor, ei fywyd. A hithau'n ugain oed, roedd hi'n wraig ifanc, allan yno yn y byd mawr blin yn naddu bywyd iddi hi ei hun. Ond beth bynnag a ddigwyddai, roedd o a Meg yno, fel pob Robert a Meg arall, yn poeni am eu hepil, yn bryderus rhag ei cholli, yn ofni'r hyn a allai ddigwydd. Roedd o ar fai, ac fe wyddai hynny. Mewn gwirionedd, roedd hi'n rhydd i wneud fel y mynnai.

"Os wyt ti'n pwyso arnyn nhw, bygwth nadu'r rhai bach i ddychwelyd i'r nyth, ddôn nhw byth adra," meddai Jack Lloyd wrtho'r noson honno dros beint. "Mae plant angan 'u rhieni; 'dyn nhw jyst ddim yn gwbod hynny. Cadwa'r drws ar agor, Bob. Os wyt ti'n 'i gloi o wnân nhw ddim tyrchu am y goriad."

Ac roedd Jack yn siarad o brofiad. Roedd Jack yn dad i chwech a phob un – o'r hynaf yn dri deg, i'r 'fenga'n ddeunaw – wedi mynd i brofi porfeydd brasach, ac yn dychwelyd yn gyson i dalu gwrogaeth i'r ddau a roddodd gymaint iddyn nhw. Y ddau a roddodd gymaint, heb ofyn dim yn ôl.

A dyma fo'n sgwennu'r llythyr. Y llythyr cynta i Robert ei sgwennu er dyddiau canlyn Meg. Llythyr pedwar tudalen yn datgan ei gariad, yn dweud pa mor falch o'i ferch yr oedd o mewn gwirionedd, yn dymuno Nadolig Llawen a Blwyddyn Newydd Dda iddi, gan edrych ymlaen "yn ofnadwy" at ei gweld hi yn 1992 – Ionawr 1, 1992 a bod yn fanwl gywir.

A'r hen wragedd a ffyn yn eithriadol frwnt y pnawn hwnnw, gyrrodd yr hanner milltir i'r pentre. Roedd yr euogrwydd yn gwywo rhyw gymaint ac yntau'n cario ymddiheuriad ym mhoced ei gôt. Ysai am weld yfory yn dod, pan fyddai hi'n agor y llythyr yn y tŷ teras anghynnes hwnnw.

Ond chafodd hi fyth mo'r llythyr.

* * *

Am ddau o'r gloch y pnawn dydd Mercher hwnnw roedd y rheswm pam na fyddai merch Robert yn darllen ei eiriau ymbilgar yn gwthio gwn dau faril i ben plentyn deg oed.

"Symudith rhywun, reit, rhywun yn gneud rhwbath stiwpid, ac mae pen Shirley Temple 'ma yn blastar ar y parad."

"O, naaaa!" sgrechiodd y wraig oedd ar ei bol ar lawr, wrth wylio'i merch fach yn crynu yng ngafael y dyn a wisgai fasg Margaret Thatcher.

"Cau dy geg!" rhuodd 'Thatcher'. "Chdi y tu ôl i'r cownter," meddai gan droi tuag at y dyn ifanc boliog. "Stopia chwysu a g'na dy job – pres i gyd yn y bag 'na daflis i drosodd. A dim mistimanars, dim Bruce Willis. Iwsia dy ben."

Yn ogystal â mam y gwystl bach, roedd tri o bobl eraill yn gorwedd ac yn gweddïo ar lawr llychlyd y swyddfa bost, ac fe'u llygadodd 'Thatcher' nhw un ac oll wrth i'r boliog chwyslyd stwffio'r bag efo pres.

Canodd y gloch uwchben y drws a throes 'Thatcher' i groesawu'r gwestai newydd. Syllodd y dyn arno'n anghrediniol am eiliad, ar fin chwerthin am ben y mwgwd gwirion a wisgai'r lleidr.

"Helpwch hi! Helpwch hi, 'yn hogan fach i!" ymbiliodd y fam o'r llawr.

Cododd y dyn diarth ei ddwylo'n ara deg. Syllodd i lawr y ddwy faril ac yna i lygaid y lleidr.

Llygaid gwyrdd, llygaid gwyrdd, cofia'r llygaid gwyrdd...

"Ara deg, fath â hogyn da, rownd at y gweddill", meddai 'Thatcher'.

Siaced ledr garpiog; crys-T glas, staen ar y goler; jîns blêr, rhwyg fechan yn y pen-glin chwith; sgidiau rhedeg –

trainers – *dyna fo, dyna fo, cofia hyn; c'reia' du ar y dde, gwyn ar y chwith, cofia...*

"Rŵan, Mistar Mostyn, rŵan!" mynnodd 'Thatcher'. Ond fel malwen yr ymlwybrodd y dieithryn o gwmpas y lleidr, a'r gwn wedi ei anelu at ei stumog trwy gydol yr amser.

"Ei di ddim yn bell, gyfaill." Roedd llais y dieithryn yn dawel, diddychryn.

"Paid â siarad, ffwcsyn."

"Wyt ti'n meddwl y cei di fynd yn ddi-lol? Paid â bod yn dwp."

"Twp? Twp? Hold on rŵan. Pwy sy'n dal y gwn? Fi, dw i'n meddwl. Chdi 'di'r twpsyn, *sheriff*."

"Dw i yn *sheriff*, 'sti."

"Hy?"

"Plismon dw i."

Roedd y frawddeg fel cyllell. Rhewodd 'Thatcher', tawelodd ei wystlon a sigwyd yr awyrgylch.

A daeth y bag a'i lond o bres drwy'r awyr fel bom.

Gollyngodd y lleidr ei afael yn y ferch. Sgrialodd y fechan yn ôl i freichiau ei mam, a honno'n gweiddi ei rhyddhad. Dechreuodd y gwystlon eraill sgrechian a chodi. Rhuthrodd y plismon i gyfeiriad 'Thatcher'.

Roedd y lleidr ar ei liniau, a'i ben yn troi wedi i'r sach drom ei daro yn ei dalcen. Edrychodd i fyny mewn pryd i weld y '*sheriff*' yn gwibio i'w gyfeiriad. Syrthiodd yn ei ôl. Cododd y gwn. Taniodd.

Ac wedi'r ergyd, doedd dim ond sgrechian i'w glywed fel clychau trwy'r pentre.

2/ I ffau'r llewod

—*i*—

Tachwedd 25, 1999

NOFIODD Y FELAN drwy'r stafell fyw. Roedd y miwsig fel melfed, yn dyner, yn llyfn, yn gysurus er gwaetha'r tristwch yn y geiriau, a'r dagrau yn nhannau'r gitâr. Swigiodd eto o'r gwydr gwin, a chael blas y grawnwin yn gysur wrth i arogl y ffrwyth chwarae mig yn ei ffroenau. Caeodd ei lygaid ac anadlu'n drwm. Gwerthfawrogai'r gwin yn fwy o wybod mai hwn fyddai'r gwydraid olaf. Dau, byth mwy na dau. Mwynhaodd un efo'r *lasagne* ddwy awr ynghynt; ac roedd o'n awr yn mwytho'r ail yng nghysur y soffa ledr, gan suddo i'r defnydd moethus wrth swigian yr hylif coch, melys. Ac er mor nefolaidd y gwin, ac er y medrai godi, pe bai'n dymuno hynny, a chrwydro i'r gegin i nôl y botel, ni fwriadai wneud hynny. Doedd Joel Fôn ddim yn un y gellid ei alw'n yfwr. Ddim bellach; ddim ers bron wyth mlynedd.

Tawelodd y CD. Arhosodd Joel cyn codi, i werthfawrogi'r hisian tawel a ddeuai o'r peiriant. Clustfeiniodd. Doedd 'na ddim smic o'r stafell ymolchi i fyny'r grisiau. Roedd hi'n toddi'n ymlaciol i'r dŵr, siŵr o fod, a'r peraroglau'n ei meddalu. Ystyriodd fynd i'r gegin i nôl y botel, ac ymlwybro i fyny'r grisiau. Ia, tywallt gwydraid iddi hi, tynnu amdano, ac i mewn i'r bàth i rannu'r dŵr cysurus. Tro byd ers iddyn nhw garu yn y bàth. Ond na. Na. Gadael iddi ddod ati hi ei hun; dyna'r peth gorau. Gadael iddi setlo wedi'r storm.

Crebachodd ei stumog a chrychodd ei dalcen wrth ail-fyw'r ffrae: hen ddadl amldestun a fyddai'n amharu ar yr hedd rhyngddynt yn ddigon cyson y dyddiau yma.

"Mmm, wyt ti'n dipyn o Raymond Blanc, 'n dwyt, Mr Plismon?" grwniodd Daron gan bwyso'i dwy benelin ar y bwrdd a'i gên ar gefn ei dwylo. Roedd ei llygaid ynghau, ei gwefusau'n llaith, a dernyn o basta'n glynu wrth gornel ei cheg.

"Ty'd yma, doctor," meddai Joel. Llithrodd Daron y gannwyll o'r neilltu a phlygu yn ei blaen, a'i gwefusau'n ei hudo. Gwyrodd Joel ar draws y bwrdd a llyfu'r darn pasta'n dyner o gornel ei cheg. "Blasus."

"*Hyn* sy'n flasus, siwgwr," sibrydodd Daron gan gydio'n dyner yng ngwegil Joel a'i dynnu'n agosach. Glynodd eu gwefusau, treiddiodd eu tafodau, llifodd y gwlypter.

Suddodd Joel yn ei ôl a syllu arni a'i ddwylo'n ysu: y bronnau a chwyddai wrth iddi eu pwyso ar ei braich; y gwddw hir llyfn; y gwefusau a roddai gymaint o gysur iddo; y trwyn cul a'r ffroenau'n agor a chau wrth iddi anadlu; y llygaid oedd yn awgrymu cymaint; a'r gwallt melyn sgleiniog.

Er gwaethaf y pryd bwyd, roedd stumog Joel yn ysgafn, yn dawnsio; roedd gwres yn afon trwy'i gorff. Gwenodd arni, hon a fu'n graig iddo am saith mlynedd bellach. A doedd y saith mlynedd ddim wedi pylu ei awydd. Roedd hi'r un mor gyffrous heddiw â'r noson honno pan unwyd y ddau gyntaf. Ac roedd o'n wyllt amdani hi yr eiliad honno; a hithau'n ysu yn yr un modd.

"Adawn ni'r llestri tan y bore. Be am fynd i fyny grisiau i 'neud direidi, Mr Plismon."

Gwywodd ei wên. Ai dyma'r foment i fentro drachefn? A hithau mewn tymer chwantus, ai dyma'r cyfle i feiddio sôn am yr hyn a oedd yn waharddedig?

Ac meddai Joel yn swil, a'i lygaid yn gwrthod syllu i'w llygaid hi, "Be am fynd i fyny grisiau i 'neud babi."

Oeroedd y stafell a nwyd Daron. Plygodd Daron yn ei hôl i'w sedd. Trawodd y bwrdd, a'i hwyneb yn goch a'i llygaid yn ffyrnig. Crafodd draed y gadair yn frwnt ar deils llawr y gegin wrth godi a llamu o'r stafell. Caeodd Joel ei lygaid gan ei geryddu ei hun wrth wrando ar sŵn ei thraed yn dyrnu mynd i fyny'r grisiau. A dyna lle'r oedd hi... yn y bàth lle'r âi'n ddi-ffael wedi ffrae. Cafodd lawer i fàth dros y misoedd a aeth heibio.

Ond roedd y dwrdio wedi cymryd tro dros y dyddiau diwetha. Fel arfer, byddai Daron yn ymateb, yn sefyll ei thir wrth iddi weiddi arno, "Nid llestr ydw i!". Ond yn ddiweddar, ac yntau wedi codi'r testun ryw deirgwaith, ni wnâi'r un dim ond codi a'i adael, weithiau dan frathu ei llaw, weithiau dan grio'n dawel. Er iddo ofyn beth oedd yn bod arni a pham, ni chafodd ateb. Gwyddai fod rhywbeth o'i le; ond doedd hynny ddim yn rhywbeth newydd rhyngddynt.

Edrychodd Joel ar y cloc: hanner awr wedi un ar ddeg. Safodd a chario'r gwydr gwin gwag i'r gegin, a'i osod yn y sinc efo gweddill y llestri budron. Anadlodd yn drwm a llenwodd arogl saws y *lasagne* ei ffroenau gan ei atgoffa o'r eiliadau tyner cyn y dilyw.

A'i fys ar y botwm golau, arhosodd Joel am eiliad,

wrth i'r llun ar y pared dynnu ei lygaid: Daron â'i gwên lydan a'i choesau hir brown ar draeth aur o dan awyr las, ac yntau wrth ei hymyl yn gwenu'n fodlon. Caeodd ei lygaid yn dynn a daeth delwedd newydd i'w feddwl: delwedd o ddyn ifanc â gwallt hir at ei ysgwydd, yn gwisgo crys â choler fawr, tei llydan a throwsus fflêr ac, wrth ei ymyl, ferch ifanc â gwên lydan fel gwên Daron, ei gwallt fel y nos, yn hir ac yn sgleinio, a'i ffrog briodas wen yn carpedu grisiau concrid y capel.

Yr un felltith ag a ddeffrodd y llosgfynydd awr ynghynt a roddodd hollt derfynol yn y llun llesmeiriol hwnnw hefyd.

—*ii*—

Taniodd sigarét arall a sugno mwg y Marlboro i'w 'sgyfaint. Hen bryd iddi godi. Roedd y dŵr yn llugoer, y sebon wedi gwywo; doedd 'na ddim hwyl i'w chael yn y bàth heb drochion trwchus fel eira i'w taflu o gwmpas. Na; pum munud, meddyliodd. Gwyddai pe bai'n codi o'r bàth y byddai'n gorfod gwneud yr hyn y bu'n bwriadu'i wneud ers iddi ddychwelyd wythnos ynghynt.

Heno amdani, meddyliodd y bore hwnnw, y diwrnod cyn y diwrnod mawr. Wyth o'r gloch.

Daeth wyth o'r gloch o nunlle...

Ocê, hanner awr wedi.

... a hanner awr wedi yn ei dro...

Naw. Yn bendant. Naw.

... a naw, hanner awr wedi naw, deg.

A' i i redag bàth. Ar ôl cael bàth. Cris-croes-tân-poeth.

Roedd bàth llugoer yn fwy diogel na geiriau tanbaid. Syllodd ar ei chorff o dan y dŵr clir. "Su' ma'i, siapus," meddai'n dawel.

Tynnodd fwg i'w 'sgyfaint drachefn, ac edrych o'i chwmpas. Angen ychydig o baent. Coch, dw i'n meddwl; stafell ymolchi goch. "Mi fyddai'n tynnu'r gwallt o'i phen pe bai'n gweld waliau coch; felly dyna a wna i," meddai.

Daeth crafu o'r ochr arall i'r drws.

"Be mae 'nghariad mawr i isio?"

Parhaodd y crafu.

"Isio dŵad i mewn wyt ti, hogyn mawr?"

Cynyddodd y crafu.

"Mae o'n 'gorad. Jyst i chdi iwsio dy ben."

Crafu, crafu, crafu gwyllt.

"Ocê," meddai'n dawel wrthi hi ei hun, a chodi ar ei heistedd yn y bàth. "TY'D!"

Hyrddiwyd drws y stafell ymolchi yn agored a thuthiodd y ci mawr du i mewn.

"Helô, *honey*."

Rhoddodd ei bawennau blaen ar ymyl y bàth; crogai ei dafod mawr pinc o'i geg.

"O, t'isio sws?" Plygodd yn ei blaen, a llyfodd y Rottweiler ei hwyneb yn frwdfrydig. "Be ti'n 'feddwl, Ffaro? Ti'n meddwl y dyliwn i ffonio?"

Dechreuodd y ci gyfarth yn hapus gan erlid ei gynffon o gwmpas y stafell ymolchi.

Gwenodd y ferch ar y ci. "Oci-doci." Safodd yn stond yn y bàth; diferai'r dŵr oddi ar ei chorff. "Pam lai?"

* * *

Do, daeth dagrau. Fel y tybiodd Harriet Angharad Morgan, fel y proffwydodd, fel y'i rhybuddiodd ei hun gant a mil o weithiau.

Eisteddai ar y soffa fechan mewn crys-T Kurt Cobain

a slipars ar ffurf gwiwer. Syllodd ar y ci mawr yn cysgu'n fodlon o flaen y tân nwy. Braf arna chdi, meddyliodd, wrth wrando ar y llais cyfarwydd ben arall y ffôn am y tro cynta ers chwe blynedd.

Roedd corff Harri'n binnau mân drwyddo pan glywodd lais ei mam, a do, daeth deigryn i'w llygaid. Ond rŵan roedd hi'n ymgaledu drachefn, yn gwrando ar yr un hen bregeth.

"Pam na ei di'n ôl at y gyfraith? Dw i ddim yn dallt. Pam wyt ti'n mynnu... mor benderfynol..."

"Hyn dw i'n 'neud, Mam. Hyn dw i'n 'neud ers chwe blynedd. Dw i'n dda yn 'yn job. Fedra i'm meddwl gneud dim byd arall. Plis, Mam, plis. Fedrwch chi'm byw a bod efo'r ffaith mai dyma ydw i?"

"Sut mae disgwl i mi 'neud?"

Oedodd Harri, a syllodd o gwmpas y stafell fyw. Arhosodd ei llygaid ar y poster *Reservoir Dogs* uwchlaw'r peiriant CD; roedd o'n gam.

"Wyt ti yna?"

"Yndw, Mam. O hyd."

"Ond dwyt ti ddim yn gwrando."

"Ylwch: dw i adra rŵan."

"Dwyt ti ddim adra. Fan 'ma 'di adra. Gwario dy bres ar ryw fflat..."

"Dw i adra, yn ôl, yn ddiogel fy myd."

Tawelwch.

"Ddyliat ti wybod yn well na neb: does 'na nunlle'n ddiogel."

Clywodd Harri'r tristwch yn llais ei mam, a thynhaodd ei chyhyrau. Gwasgodd ei llygaid ynghau, gwthiodd ei hewinedd i gledr ei llaw.

"Wyt ti 'di bod yn gweld dy dad?" holodd ei mam.

"Yndw. Ddwywaith. A mi a' i eto fory."

"G'nei, siŵr o fod. Y dwrnod mawr, ia?" meddai'r wraig yn sarhaus. "I ffau'r llewod."

"Tasach chi'n medru dymuno'n dda i mi, Mam, faswn i wir yn gwerthfawrogi hynny."

"Wrth gwrs 'y mod i'n dymuno'n dda i chdi," addawodd ei mam, a thynerwch yn ei llais y tro hwn. "Dw i'n dymuno daioni i'n hogan fach i ddydd a nos. Dyna pam dw i'n erfyn arna chdi, yn erfyn dro ar ôl tro..."

Ochneidiodd Harri'n dawel. Edrychodd tua'r nenfwd a sylwi ar y gwe pry cop a grogai o'r to. Un sâl wyt ti am lanhau, meddyliodd. "Ocê, ocê, tydi hyn yn mynd i nunlle. Dw i isio dechrau o'r newydd, Mam. Dechrau o'r newydd efo chi. Mae'n rhaid i mi gael gneud. Mae o'n brifo gormod. Yn torri 'nghalon i, ac wedi torri 'nghalon i ers chwe mlynadd." Gorweddodd Harri ar y soffa a'i phen yn suddo i'r defnydd cysurus. "Ond dyma dw i'n 'neud. Dyna'i diwedd hi. Fedrwch chi ddim troi'r cloc 'nôl. A Duw a ŵyr, tasa'r ddwy ohonan ni'n medru..." Caeodd Harri ei llygaid rhag y tawelwch a ddilynodd ei llith.

"Ddoi di i 'ngweld i?"

"Dof siŵr. Ddowch chi i 'ngweld i?"

"Siŵr o 'neud."

"Well i mi fynd. Mae hi'n hwyr." Edrychodd ar y cloc ar y silff uwchben y tân nwy: hanner nos. "Mi ffonia i fory."

"Bydd yn ofalus, Angharad."

Neidiodd Harri ar ei heistedd, a chrensian ei dannedd.

"Peidiwch â 'ngalw fi'n Angharad."

3/ *Y Diafol yn cerdded y strydoedd*

"PA FATH O DE fasach chi'n 'i lecio?"

"Pa fath o de? Wel, jyst te. Te efo llefrith. Efo llwyiad o siwgwr," meddai'r Cwnstabl Jack Lloyd.

Syllodd y ferch yn y crys-T coch a'r cap pêl-fas du arno'n syn am eiliad; fel pe bai o'n ymwelydd o ryw fydysawd pell neu'n *Neanderthal* oedd newydd atgyfodi ar drothwy mileniwm newydd.

A dyna oedd o.

Sgrifennodd y ferch (Nancy oedd ei henw yn ôl y cerdyn ar ei brest) rywbeth yn ei llyfryn, a throi ar ei sawdl.

Syllodd Jack drwy ffenest Lee's Coffee Bar a gwylio'r cyrff yn crwydro hyd stryd fawr y dre. Poerai'r glaw ar y palmentydd llwyd ac adlewyrchai'r dyfroedd y dyrfa a'r goleuadau a oedd yn creu'r argraff o ddydd a hithau'n dywyll fel y fagddu.

Mwythodd Jack ei gap plismon a orweddai'n driw ar y bwrdd. Dw i'n cofio pan oedda chdi'n helmed, meddyliodd; dw i'n dy gofio di'n gorffwys yn yr union fan ddeng mlynedd ar hugain yn ôl. Caffi Wil oedd enw'r lle'r adeg honno. Oglau saim yn gorlifo o'r gegin; hisian y ffrio'n byddaru; Wil a'i wraig, Mary, yn gweini a sgwrsio ac yn nabod pawb. Ond rŵan...

Daeth Nancy'n ôl â'r te mewn *mug Stars and Stripes*.

... rŵan roedd pawb yn gwisgo'u henwau; fel rhyw ysfa am gydnabyddiaeth; rhyw erfyn pitw am gyfathrach bersonol; rhyw obaith gwantan y byddai rhywun yn dweud "Helô, Nancy, sut wyt ti, Nancy? Sut mae'r teulu, Nancy?'

Ni chredai Jack erstalwm y byddai ymddeol yn weithred mor hawdd. Ond erbyn heddiw...

Ionawr: dyna air hyfryd. Ionawr: pan fyddai'n llithro o'r lifrau am y tro olaf; pan fyddai'n camu trwy ddrws ffrynt ei gartre a byth eto'n gorfod wynebu'r stesion a'r stŵr, y gwaith papur a'r gwacter. Byddai'n diogi yng nghwmni Leusa. Torheulo yng ngwres cariad ei blant, yr hanner dwsin ohonyn nhw, a ddeuai o bob cwr o'r wlad i gofleidio a chusanu eu rhieni.

Diolchodd i'r seintiau nad oedd ei epil ef fel eu cyfoedion; fel cwsmeriad Lee's Coffee Bar, yn oer a di-hid; fel y gwastraff ar gornel y strydoedd, yn llawn heroin a chwrw rhad; fel y plant, na fyddent byth yn blant, sy'n dwyn ceir a malu ffenestri ac yn ymosod ar bensiynwyr.

Gofynnodd i'w offeiriad rai misoedd yn ôl a oedd arwyddocâd i'r mileniwm. A oedd Dydd y Farn ar ddod? Ai dyma awr y Frwydr Fawr rhwng daioni a drygioni? Ai hadau Armagedon a welai ar y strydoedd ddydd ar ôl dydd? Chafodd o ddim ateb. Roedd hyd yn oed yr Eglwys wedi crwydro oddi ar y map. Roedd y byd yn bradychu'r llwybrau syth ac, o dro i dro, deuai'r ewin fforchog i'r golwg.

Ac roedd Jack Lloyd yn gwbl bendant: roedd y Diafol yn cerdded y strydoedd.

* * *

A'r nos yn cau amdano, a'r strydoedd yn gwagio, daeth yr alwad. Byddai'n osgoi canol y dre ar nosweithiau fel hyn. Yn osgoi'r sŵn a'r cwrw a'r cwffio wrth i'r ifanc heidio o'r clwb nos cythreulig hwnnw. Gadael i'r copars 'fenga sortio hynny. Câi Jack Lloyd lonydd i grwydro'i ardal, er na ddylai unrhyw gwnstabl ymlwybro ar ei ben ei hun y dyddiau yma. Ond roedd Dilys yn dallt Jack; ac yn rhoi rhwydd hynt iddo.

Bore heulog oedd hwnnw dri deg chwech o flynyddoedd yn ôl pan gerddasai'r ferch benfelen ddeunaw oed i'r stesion, y gynta o'r rhyw deg i ymuno â'r Glas yn y dre. Pawb yn tynnu ei choes, pawb yn gofyn am ddêt. Pawb ond Jack. Roedd Jack ddwy flynedd yn hŷn na hi ar y pryd, yn dad i un a'r ail yn tyfu yng nghroth ei wraig. A thyfu a ddaru Dilys hefyd. Roedd hi'n benderfynol, yn bengaled, yn geg i gyd, ac ar ei gorau efo'r dynion a oedd yn gymaint o lanciau pan gyraeddasai hi am y tro cyntaf. A heddiw: hi oedd yr Uwcharolygydd Dilys Ellis, pennaeth yr is-ranbarth. Ond Dilys oedd hi i Jack hyd heddiw: fuo hi erioed yn *"sarj"*, erioed yn *"ma'am"*, erioed yn *"super"*.

"I'r pedwar gwynt â phrotocol," meddai pan ddyrchafwyd hi'n arolygydd. Da chdi, hogan, meddyliodd Jack; nid oedd yn un i ddal dig er iddo fod yn gwnstabl troed hyd y diwedd.

* * *

A'r diwedd a ddaeth.

Brasgamodd gystal ag y medrai am y warws. Cawsid galwad i'r stesion. Gwraig yn gweiddi crio, yn ofni am ei bywyd: criw o blant yn sgrechian a rhegu ac yn taflu cerrig drwy ffenestri'r hen adeilad, meddai. Buasai Jack yno droeon yn dwrdio diawliaid bach y dre. Roedd yn well ganddo roi ffrae i ddrwgweithredwyr di-nod, yn hytrach na'u llusgo i'r stestion a mynd trwy'r holl rigmarôl a ddeuai yn sgil hynny.

Dyna sut y buasai hi pan oedd Jack yn laslanc efo'r Glas: llond ceg, clustan hyd yn oed. Heddiw, llond ceg yn unig. Roedd dyddiau'r glustan wedi hen fynd. Sac; achos llys; colli pensiwn.

Felly llond ceg amdani. Gwyrodd i lawr y stryd gefn dywyll, a'r glaw yn tywallt yn ddidostur, yn clecian fel bwledi ar y concrid oer o dan draed. Arhosodd. Dim sŵn. Wedi ei heglu hi, siŵr o fod. Craffodd i'r düwch rhag ofn bod un neu ddau o'r cythrals yn cuddiad yn y cysgodion. Camodd yn ofalus, gan glustfeinio trwy ruo'r glaw. Dechreuodd grynu. Ystyriodd alw am gymorth cyn mentro ymhellach. Paid â bod yn fabi mam, ceryddodd ei hun. Wyt ti 'di gneud hyn droeon heb i neb afael yn dy law di. Roedd crombil y stryd gefn fel y fagddu. Edrychodd Jack i fyny'r grisiau bregus a arweiniai at ddrws y warws o frics coch.

"Allan â chi," gwaeddodd yn awdurdodol. "Dowch 'laen, y diawliaid bach. Polîs. Allan â chi."

Dim ond y glaw oedd yn ymateb; tasgai'n galetach yn erbyn to'r warws.

Cerddodd i fyny'r grisiau a'r pren brau yn cwyno o dan bwysau sylweddol y cwnstabl. Pwysodd ei drwyn yn erbyn gwydr drws y warws. Tywyllwch. Daeth cwlwm o ofn i'w stumog. Tynhaodd ei geilliau. Crynai. Roedd o'n ymwybodol o rybudd rhythmig ei galon a'i churiadau'n cyflymu. Agorodd y drws; roedd y wich o'r colfachau fel gwrach yn chwerthin. Mentrodd i'r uffern, a chau'r drws y tu cefn iddo.

Roedd y tawelwch yn fyddarol o fod wedi cloi'r glaw y tu allan; doedd ond y gwynt yn sibrwd trwy graciau yn sylfaen yr hen warws. Clywodd ddrip-dripian dŵr yn sleifio i mewn drwy hollt yn y to.

"Dowch 'laen. Dangoswch eich hun." Camodd yn ei flaen.

Crac!

Baglodd Jack yn ei ôl; curai ei galon fel gwn awtomatig. Plygodd yn ei gwrcwd, a syllu trwy'r düwch: nodwydd. Ochneidiodd. Roedd y warws yn fangre i'r ifanc, yn un o'r ymylon tywyll hynny lle y casglai'r genhedlaeth iau i brofi bywyd. Oedd bwydo heroin i'w gwythiennau'n gyfystyr â phrofi bywyd? Safodd, a chicio'r nodwydd. Wrth iddi sgrialu trwy'r tywyllwch, stopiodd.

Crac!

Rhewodd Jack a'i lygaid yn chwyddo fel dwy falŵn. Roedd ei ddwylo'n ddyrnau; clywai'r gwaed yn drymio trwy'i ben. "Pwy sy 'na?" Difarodd na wyddai enwau'r bobl ifanc. Erstalwm byddai Jack wedi medru eu rhestru. Wedi medru galw i'r tywyllwch "Chdi sy 'na, Dafydd bach? Ty'd o 'na, Gary Thomas". Nid felly heno. "Pwy sy 'na?" mynnodd drachefn.

A chlywodd y camau ysgafn. O'r düwch, daeth wyneb cartwnaidd cyfarwydd. Atseiniodd ergyd drwy'r warws, ergyd a ffrwydrodd yng nghlustiau Jack. Roedd y poen yn ei frest fel pe bai ceffyl wedi ei gicio. Fe'i teimlodd ei hun yn cael ei hyrddio'n ôl, a'i draed oddi ar y llawr, a'r düwch yn gwibio heibio iddo.

Maluriwyd drws y warws yn grybibion wrth i garcas trwm y cwnstabl daro yn ei erbyn. A'r peth diwethaf a welodd Jack Lloyd cyn marw oedd wyneb Ronald Reagan yn syllu arno.

4/ Stormydd

—*i*—

Safodd Joel Fôn yng ngenau'r stryd gefn am eiliad, a'i ddwylo'n ddwfn ym mhocedi ei gôt law, a'r dŵr yn llifo o'i gorun i lawr ei wddw. Syllodd drwy'r llwydni ar y plismyn yn mynd a dod fel morgrug i fyny ac i lawr y grisiau, i fewn ac allan o'r warws. Adnabu Joel un o'r SOCOs, yr un pen moel oedd ar ei liniau wrth ddrws y warws. Roedd un swyddog yn tynnu lluniau o'r grisiau ac un arall yn ffilmio'r olygfa efo camera fideo.

Yng nghanol yr halibalŵ sylwodd ar yr ymbarél mawr yr ymosodai'r glaw arno'n frwnt mewn ymdrech i drochi'r un a gysgodai oddi tano. Gwyrodd Joel o dan y tâp melyn ac arno'r geiriau:

HEDDLU: DIM MYNEDIAD

a nodiodd tuag at y cwnstabl ifanc a lechai rhag y glaw tra oedd yn sicrhau nad oedd aelodau busneslyd o'r cyhoedd yn mentro ar draws y ffin i wlad y gwaed. Safodd wrth ymyl y ddelw o dan yr ymbarél.

"Dw i'n cofio gofyn iddo fo," meddai'r Uwch-arolygydd Dilys Ellis heb gydnabod Joel, " 'chydig fisoedd wedi i mi ddechrau, a phob un wan jac ohonyn nhw wedi trio'u lwc... gofyn iddo... pam nad oedd o wedi gofyn? 'Pam nad wyt ti wedi gneud sylw am faint 'y mhen ôl i? Pam nad wyt ti wedi sbio'n slei pan fydda i'n plygu drosodd?' A dyma fo'n deud: 'Dilys bach, dw i'n ddyn priod'. Fel pe bai hynny'n gneud gwahaniaeth i'r gweddill. Ond i Jack, Leusa, y plentyn, a'r plant oedd i ddod oedd yn bwysig. Cwestiwn gwirion, wn i," meddai'r Uwcharolygydd Ellis gan droi i wynebu Joel, "ond pam y fo?"

Ni allai Joel wahaniaethu rhwng y glaw a'r dagrau ar wyneb y blismones. Doedd o ddim yn bwriadu ateb ei chwestiynau athronyddol: bwriad Joel oedd dod o hyd i'r llofrudd.

"Fydda fo'n ymddeol ymhen deufis. Ac edrach ymlaen i 'neud. Wedi cael llond bol," meddai'r Uwcharolygydd.

Roedd Joel yn ysu am gael camu ar faes y gad. Gwyliodd y swyddogion yn mynd a dod.

"Be sy'n rhyfadd... be sy'n eironig ydi fod Jack yn cael ei saethu'n farw... ac mai Jack oedd un o'r ychydig blismyn dw i'n 'u nabod a fyddai'n gwrthwynebu'n ffyrnig y syniad o'r Glas yn cario gynnau." Trodd y wraig i wynebu Joel. "Maen nhw 'di mynd â'i gorff o," meddai, gan gau ei llygaid wrth ynganu'r gair 'corff', fel pe bai'n ceisio'i dallu ei hun i'r ffaith fod cyfaill a chyd-weithiwr yn farw. Edrychodd ar ei wats. Roedd hi'n agosáu at dri y bore. "Dw i am fynd i weld Leusa Lloyd." Cerddodd y wraig i fyny'r stryd gefn a'r glaw o hyd yn ei herlid er mor ddewr yr ymbarél.

Ochneidiodd Joel a chamu yn ei flaen. Safodd wrth waelod y grisiau. "Ga i ddŵad i fyny, Neil?"

Edrychodd y dyn pen moel ar y Ditectif Arolygydd Joel Fôn. "Joel. Cei. Ty'd. 'S'na fawr ddim i ni."

"Gobaith am brints?"

Pwysodd Neil Roberts, y SOCO lleol, yn erbyn ffrâm

y drws. Ysgydwodd ei ben yn anobeithiol. "Y glaw 'ma. Puro'n lân, Joel, puro'n lân."

"Be am y ciosg?"

"Rhywun yno'r funud 'ma." Cerddodd Neil Roberts heibio i'r arolygydd, ac i lawr y grisiau.

Gwyliodd Joel y glaw yn sbrencian oddi ar ei ben moel, a thaerai y medrai weld adlewyrchiad ohono ef ei hun ar gorun disglair y SOCO. "Ga i fynd i mewn?"

Heb droi, cododd Roberts fawd ar Joel, ac agorodd yntau'r drws maluriedig. O leiaf roedd hi'n sych yma. Syllodd i lawr a gweld dwy groes fawr wedi eu crafu i'r concrid efo sialc gwyn. Cr'adur, meddyliodd Joel.

Roedd lampau'n goleuo'r warws, a medrai'r ditectif weld y twll lle yn ei holl ogoniant. Graffiti'n addurno'r muriau; pren a brics yn pydru; gwydr y ffenestri'n grybibion; poteli gwin a chaniau cwrw'n carpedu'r llawr; nodwyddau; bagiau plastig yn llawn glud wedi sychu'n grimp; hen *joints* wedi eu smygu'n sych; condoms: arwyddion o'r isfyd y byddai pobl barchus y dre'n dymuno'i anwybyddu.

"Does 'na'm problem gyffuriau yn fan 'ma, Inspector Fôn," meddai rhyw goc oen o gynghorydd wrtho fo'n ddiweddar. "A tydi'ch gweld chi ar y teledu'n parablu am 'felltith heroin yn difetha'n hieuenctid ni' ddim yn fanteisiol i'n proffeil ni fel tre sy'n trio denu diwydiant newydd."

Cawsai Joel ei geryddu gan yr Uwcharolygydd am awgrymu y dylai'r cynghorydd stwffio'i broffeil i fyny twll ei din.

Cerddodd i ben draw'r warws, lle'r oedd dau dditectif ar eu gliniau yn y llwch. "Rhwbath werth ei gael, hogia?" gofynnodd.

"O, inspector," meddai'r DC Paul Hughes, a'i sbectol gron yn stêm drosti.

"Weli di rwbath drwy'r rheina?"

"O, y... reit," ffwndrodd DC Hughes, gan dynnu ei sbectol a'i rhwbio'n lân ar ei lawes. Gosododd hi'n ôl ar flaen ei drwyn. "Hoel traed, syr, o 'nghwmpas i. Fasach chi'n peidio... ym... aros lle 'dach chi, os gwelwch yn dda."

Glaswenodd Joel arno a throi. Rhwbiodd ei law drwy'i wallt du trwchus, a glynodd y gwlypter i'w chledr. Glaw, glaw, glaw, meddyliodd. Dw i'n cerdded trwy stormydd.

* * *

Nid oedd Daron wedi dweud yr un gair wrtho pan gerddasai i'r stafell wely ar ôl y dwrdio. Roedd hi'n cogio cysgu, a'i phersawr a'i chnawd ffres yn goglais ei ffroenau, yn cyffroi ei lwynau. Ond gwyddai na fyddai 'na gyplu y noson honno. Tynnodd amdano a llithro o dan y dillad, gefn wrth gefn â'i gymar. Ni fedrai gysgu, ond arhosodd yno yn hytrach na sleifio i'r gegin a phechu efo trydydd gwydraid o win. A phan ganodd y ffôn am hanner awr wedi dau, roedd o yno i'w ateb ar unwaith rhag i'r clochdar gael cyfle i ddeffro Daron.

Roedd y digwyddiad yma yn y warws yn esgus i gael mynd o'r tŷ. Fe'i ceryddodd ei hun am deimlo'n ddiolchgar am y cyfle i adael Daron.

—ii—

Harri yn hogan fach naw neu ddeg oed, yn rhedeg trwy'r strydoedd tywyll a chul; pobl filain ar bob cwr, yn chwerthin, yn cyrraedd i gyffwrdd; hithau'n crio, yn gweiddi "Dadi, Dadi, Dadi". A Dadi ym mhen draw'r stryd, y gobaith ym mhen coridor o ellyllon creulon; hithau'n dyrnu mynd; ei freichiau o yn agored, i'w chroesawu, i'w derbyn i'w gôl a'i diogelu; ond daliai i redeg i'w gyfeiriad, daliai i redeg, ond doedd yntau'n dod ddim mymryn yn nes; roedd o'n mynd ymhellach oddi wrthi, mynd yn llai, yn diflannu; y mwyaf y rhedai'r hogan fach, y pellaf yr âi ei thad; ymhellach ac ymhellach, cyn diflannu; a hithau'n sgrechian "Dadi!" A'r dwylo seimllyd yn cydio ynddi, ac yn gwasgu...

Deffrodd Harri'n chwys doman. Neidiodd er ei heistedd a gwthio'r gwallt hir melyn o'i hwyneb. Hunllef, dyna i gyd, meddyliodd gan geisio'i chysuro ei hun. Ond yr un hunllef.

Cyneuodd y lamp a gafael yn y paced Marlboro. Gwag. Gwasgodd y papur yn ei dwrn a'i daflu ar draws y stafell. Neidiodd o'r gwely a mynd at y ffenest gan gymryd cipolwg ar y dre, y dre lle y'i magwyd hi, a fradychwyd ganddi'n ddeunaw oed, a fyddai'n gorfod maddau iddi am droi cefn a hithau rŵan wedi dychwelyd.

Syrthiodd y glaw o'r nefoedd ddu ar lwydni ei maestrefi newydd. Roedd y stryd yn dawel; ambell olau mewn ambell dŷ; partïon, debyg. Ceisiodd wrando am fiwsig, synau hwyliog. Dim ond tawelwch.

"Ffag, ffag, ffag," llafarganodd wrth gerdded o'r stafell wely i'r stafell fyw. Neidiodd Ffaro yn effro.

"Dos di'n ôl i gysgu, babi mam. Bob dim yn iawn." Gwyliodd y ci ei feistres yn diflannu i'r gegin a gorffwysodd ei ben yng nghrud ei bawennau.

Agorodd Harri ddrws yr oergell a llanwyd y stafell â golau. Syllodd ar y cynnwys: digon o brydau-i-un o Tesco am wythnos, chwe chan o Carlsberg ("Dim cwrw, fedra i'm cael cwrw heb sigaréts"), a...

"Siocled!" Cydiodd yn y Maverick a rhwygo'r papur oren a glas oddi ar y baryn. Nefoedd, meddyliodd cyn brathu i'r siocled melys. Dychwelodd i'w gwely'n cnoi'n ara deg ar y peth da, yn gwerthfawrogi'r blas cyhyd â phosib. Llyncodd. Troellodd boer o gwmpas ei cheg gan sugno pob defnyn o siocled, pob iot o'r blas melys.

Gorweddodd yno yng ngolau gwan y lamp. Daeth rhyw wacter i'w stumog, er bod y siocled wedi setlo yno; ond nid gwacter a ddeuai o ddiffyg bwyd oedd hwn. Dw i erioed 'di 'i golli o gymaint â rŵan, meddyliodd, cyn cau ei llygaid rhag iddi grio.

5/ Dyn mewn masg Ronald Reagan

—i—

ROEDD Y STAFELL fel dosbarth ysgol cyn i athro gerdded i mewn. Eisteddai aelodau CID ac Iwnifform wrth ddesgiau pren a phawb yn siarad ar draws ei gilydd.

Ond yn wahanol i ddosbarth ysgol, yn wahanol i sefyllfaoedd tebyg y bu Harri ynddyn nhw cyn heddiw, doedd 'na neb yn tynnu coes, neb yn taflu peli papur y naill at y llall, neb yn cau cloriau cylchgrawn budr a'i guddio o dan y bwrdd. Roedd yma drymder fel y plwm. A thrymder o golli un o'u plith oedd hwnnw. Diwrnod ar y naw i ddechrau job newydd, meddyliodd Harri gan edrych o'i chwmpas.

Agorodd drws y stafell a daeth dau ddyn i mewn. Cerddodd yr hynaf i gefn y stafell, a'r 'fenga i'r blaen. Dyn yn ei dridegau oedd hwn â gwallt du wedi ei frwsio'n ôl yn daclus. Gwisgai siwt las dywyll, fodern ei thoriad, a chrys gwyn ac, wrth iddo dynnu ei siaced, sylwodd Harri, dan wenu'n fewnol, fod ganddo 'sgwyddau da a phen-ôl bach siapus.

Gwyrodd Harri i gyfeiriad dyn ifanc â sbectol gron a eisteddai gyferbyn â hi. "Haia," sibrydodd, "Sarjant Harri Morgan."

"O... ym... helô, sarjant, DC Paul Hughes," meddai'r ditectif a'i lygaid fel peli golff y tu ôl i'r sbectol, a'i wyneb yn goch.

"Pwy 'di o?" holodd Harri gan ystumio tuag at y dyn efo'r pen-ôl siapus.

"O, y... fo, y... fo ydi'r Ditectif Inspector, DI Joel Fôn."

"O, felly," meddai Harri gan eistedd yn ôl yn ei sedd a phlethu ei breichiau. Helô, bòs, meddyliodd, gan gadw'i llygaid ar yr arolygydd.

—ii—

Am ddau funud wedi naw y bore hwnnw, a'r Ditectif Arolygydd Joel Fôn yn cyfarch y tîm a fyddai'n ymchwilio i lofruddiaeth John (Jack) Ifan Lloyd, camodd dyn mewn masg Ronald Reagan i swyddfa bost dawel ar gyrion y dre.

Roedd ganddo wn dau faril a bag chwaraeon du a daflodd dros y cownter i ddwylo'r postfeistr hanner cant a phedair oed, gan ollwng llond ceg o regfeydd ar y cwsmeriad.

Pedwar munud yn ddiweddarach cerddodd allan i'r stryd, a'r bag yn byrlymu o bres, y gwn o dan ei gôt ledr ddu, a'r masg yn ei law. Brasgamodd i gychwyn, heb roi awgrym o ddyn ar frys, ac yna trodd y brasgamu'n drotian pendant; o fewn dim roedd o'n rasio i lawr y lôn fel pe bai cabal o angylion uffern ar ei warthaf.

—iii—

Taclusodd Joel Fôn y domen o bapurau ar ei ddesg. Caeodd ei ddyddlyfr clawr lledr, a brwsio'r llwch oddi ar y defnydd. Eisteddodd ac edrych ar y sarjant newydd.

"Harriet Angharad Morgan," meddai Joel.

Nodiodd y ferch, a gwenu.

"Be ddyliwn i dy alw di?"

"Harri."

"Harri."

Nodiodd y ferch drachefn.

"Wyt ti'n enedigol o'r ardal," cadarnhaodd Joel gan edrych ar y nodiadau o'i flaen. "Braf bod gartra?"

"Gwahanol."

"Gwahanol i Fanceinion, siŵr o fod. *Drug squad*?"

"*Drug squad*."

"Sarjant yn bump ar hugain," meddai Joel, heb ychwanegu ei fod o'n sarjant ddwy flynedd o'i blaen. "Ac yn awyddus o 'neud inspector cyn dy dri deg."

Nodiodd Harri.

"Tri deg o'n inna'n gneud inspector."

" 'Dan ni'n cerad yr un llwybr, syr."

Rhoddodd Joel y nodiadau o'r neilltu a chodi at y peiriant dŵr. "Ddrwg gen i, 'sgen i'm coffi na the – byth yn twtsiad y stwff, ond ga i banad i chdi os wyt t'isio," meddai, ac yfed dŵr o gwpan blastig cyn eistedd eto.

"Na, dw i'n iawn am y tro," meddai Harri gan estyn paced o Marlboro o'i phoced.

"Ddim yn fan 'ma." Cododd Joel ei law. "Gei di 'neud yn CID os t'isio, gaethon nhw bleidlais, ond 'yn swyddfa i 'di hon." Gwenodd er mwyn peidio ag ymddangos yn rhy awtocrataidd.

Dychwelodd Harri'r paced i boced ei chôt. Ddim yn smocio, ddim yn yfed coffi; mae'n siŵr bo chdi'n lot o hwyl yn y gwely, yn dwyt? meddyliodd.

"Ddrwg gen i bo chdi 'di landio ar adag mor, wel... roedd pawb yn nabod Jack. Roedd o'n bwriadu ymddeol yn y flwyddyn newydd."

Osgodd Harri lygaid yr arolygydd. Brathodd, hyd nes bod ei dannedd yn crensian. Roedd hithau'n nabod Jack Lloyd.

Aeth Joel yn ei flaen. "Roedd gynno fo chwech o blant..."

Dechreuodd Harri ganu *Firestarter* gan The Prodigy yn ei meddwl, unrhyw beth rhag dangos emosiwn, unrhyw beth i osgoi dagrau. Pam y bu i hyn ddigwydd ar ei diwrnod cyntaf?

Daeth cnoc ar y drws.

Diolch byth, meddyliodd Harri.

"Mewn."

Daeth Paul Hughes i'r stafell, a'i wyneb yn goch fel y machlud.

"Syr, sori, syr."

"Be sy, Paul?"

"Syr. *Armed robbery*, syr. Post Offis."

Bu bron i Harri lewygu.

6/ Crafu'r briw

—i—

ROEDD Y GLAW yn debygol o barhau tan ddiwedd y byd. Addawodd Michael Fish a Siân Lloyd a'r gweddill law, glaw a mwy o law. Awyr lwyd-ddu'n piso cerydd ar fyd pechadurus.

"Pam na fasa chdi wedi deud?" gofynnodd Joel yn dawel a'i lygaid yn treiddio trwy'r glaw cyson. Rhoddodd y Vauxhall Tigra 1.6 mewn gêr a gyrru yn ei flaen.

"Nesh i ddeud. Pan oedd yn rhaid i mi ddeud," meddai Harri.

"Finna'n mwydro am Jack... am 'i blant o... a chditha... ddyliwn i fod wedi cael gwybod."

"Dydi o'm yn berthnasol."

Edrychodd Joel arni. "Mae o erbyn hyn."

Roedd Harri'n marw am sigarét. Ond os oedd yr inspector wedi gwrthod caniatâd iddi smocio yn ei swyddfa, byddai o'n rhoi'r farwol iddi pe bai'n meiddio tanio Marlboro yn y car fflash 'ma. Felly dioddef fyddai'n rhaid iddi er bod ei chorff yn ysu am ffics a'i 'sgyfaint yn crefu nicotîn. Aeth i boced ei chôt ac estyn Kit-kat.

Ciledrychodd Joel Fôn arni wrth iddi ddatod y papur.

"*Have a break, have a Kit-kat*. Isio coesyn?"

"Y... na... dim..."

"Dim yn y car. Ocê." Rhoddodd y siocled yn ôl yn ei

phoced a dechrau crafu cledr ei llaw efo'i hewinedd hir.

"Do'n i'm yn nabod dy dad," meddai Joel. "Dair blynedd yn ôl y dois i yma. Ond mae o'n gymeriad reit chwedlonol ymysg yr hogia."

"Copar cyffredin oedd o. 'Di gweithio'n galed drwy gydol 'i oes. Plismon o'r hen ysgol. Fath â Jack Lloyd. Y ddau ohonyn nhw fath â dau frawd. Peint bob nos. Siarad gwaith. Siarad teulu. Siarad plant." Roedd cledr ei llaw yn gwaedu, ond dal i grafu a wnâi Harri; crafu'r briw, ymestyn yr hollt, plicio'r croen. "Ges i ffrae efo fo dridia cyn iddo fo gael 'i saethu. Ar i ffor' i bostio llythyr roedd o. Llythyr yn deud sori wrth 'i hogan fach. Yr hogan bengaled a wrthododd fynd adra dros 'Dolig. Well ganddi hi dreulio'r Ŵyl efo'i chariad, efo'i mêts. Taswn ni heb..."

"Does na'm pwynt beio dy hun. O, Iesu, roedd hynna'n swnio'n gachlyd."

"Mae pob dim yn swnio'n gachlyd. Dw i'n trio peidio â meddwl am y peth. Cysuro'n hun trwy ddeud y buo fo byw ddwy flynadd ar ôl cael 'i saethu. Nad oedd gan y digwyddiad ddim i'w 'neud â'i farwolaeth o. Strôc, dyna hi. Ond dwn i'm."

"Ddyliat ti fod wedi deud wrtha i."

"Do'n i'm am gael fy nghyfri fel merch Robert Morgan. Do'n i'm am i bawb ddeud, 'Yli, hogan bach Robert Morgan ydi honna'. Na; mae gen i hawl i fod yn... fi fy hun."

"Wn i nad ydi hyn o gysur, Harri, ond mi fydd Nick Davies i mewn am byth y tro 'ma."

"Na, dydi o'n gysur yn y byd. Dw i isio gweld y ffycin bastad yn y pridd."

Gwingodd Harri, a syllu ar ei llaw gignoeth.

* * *

Gwasgodd Joel Fôn yr olwyn nes i'w ddyrnau droi'n wyn. Gweodd y car drwy'r traffig, a'r glaw yn byrlymu o'r nefoedd, yn dyrnu'r Tigra.

Gallai ddeall rhesymau'r sarjant newydd dros beidio â dweud pwy oedd hi – mai hi oedd merch y copar cyntaf i gael ei saethu yn y dre ers hanner can mlynedd; a hwnnw'n gopar ag enw da ymysg pawb, o'i gydweithwyr i'r cambyhafwyr y byddai'n eu cosbi.

Byddai wedi hoffi adnabod Robert Morgan; roedd o'n swnio'n dipyn o ddyn. Ymlwybrodd ei feddyliau'n naturiol oddi wrth Robert Morgan at Nick Davies.

Pan ddaethai'r newyddion am y lladrad sylweddolodd Joel fod wyneb Harri Morgan wedi troi'n wyn fel cwmwl ar ddiwrnod braf. Ond roedd tywyllwch yn ei llygaid.

"Gwn baril dwbwl... bag chwaraeon du... gwisgo siaced ledr... ac... ym... masg Ronald Reagan," meddai Paul Hughes.

"Reagan?," sibrydodd Harri'n dawel yn ei sedd gyferbyn â Joel, ac yna, "Thatcher." Ac yna, "Nick Davies".

Roedd Nick Davies wedi ei garcharu yn 1992 am dri lladrad arfog ar swyddfeydd post. Cawsai ei ddedfrydu i saith mlynedd.

Saith mlynedd, meddyliodd Joel, ac yntau wedi saethu plismon. Do, buasai cyhuddiad yn ei erbyn o geisio llofruddio Robert Morgan, ond roedd Davies fel slywen ac fe'i cawsid yn ddieuog. A saith mlynedd...

Hanner awr wedi ymddangosiad y DC Paul Hughes, roedd ciwed o blismyn ar eu ffordd i gartre'r lleidr. Bythefnos wedi iddo gael ei ryddhau, buasai Nick Davies yn ddigon gwirion i ailafael yn ei yrfa.

—*ii*—

Ystwythodd Nick Davies ei freichiau a theimlo'i gyhyrau'n caledu. Gwenodd gan ddinoethi dannedd fel allweddellau piano – du, gwyn, du, gwyn. Roedd carchar wedi gwneud lles iddo, wedi c'ledu ei gorff, wedi miniogi'i synhwyrau. Aethai yno'n hogyn pedair ar bymtheg oed; yn ddiniwed, yn ddi-hid, yn wan fel pluen. Ond cerddasai drwy'r drws, ychydig dros bythefnos yn ôl, a sugno awyr rydd i gorff ac agwedd newydd.

Cwpanodd ei ddwylo, a'u gosod fel pe baent yn cynnal bronnau Melinda Messenger. Gwenodd hithau arno o'r wal, gan ofyn amdani go iawn, gan ofyn am ei goc. Dechreuodd g'ledu, ac yn ei feddwl byseddodd ei bronnau llyfn, cynnes. Dyna'r unig ddrwg efo carchar – danfon dyn o'i go am gont. Roedd wedi gwagio ei geilliau o fewn awr iddo ymlwybro o'r carchar yn ddyn rhydd; rhyw hwran ddecpunt. Hi a ddylai fod wedi talu iddo fo am y fraint. Tynnodd ei law dde o fron chwith Melinda a datod ei falog. Fasa chdi'n lecio hon, meddyliodd. Hon fasa'r orau gest ti erioed. Canodd cloch y drws ffrynt yn y pellter. Anwybyddodd Nick y sŵn; anwybyddodd sŵn traed ei fam yn codi o baned a Take-a-Break i'w ateb. Roedd o'n llawer rhy brysur.

Ond yna clywodd y lleisiau myglyd. A ffyrnigrwydd ei fam. "Gadwch i'r hogyn fod, y diawliaid!"

Neidiodd Nick ar ei eistedd, a'r gwely sengl yn gwichian yn bryderus oddi tano.

"Police harassment!" sgrechiodd ei fam, a chlywodd sŵn traed yn dyrnu i fyny'r grisiau.

Neidiodd ar ei draed a'i hyrddio'i hun am y ffenest. Dechreuodd ei hagor. Taranodd drws ei stafell wely yn agored.

"Dwyt ti ddim yn mynd, Nick?" meddai'r llais ffug-gyfeillgar. "A ninna heb gyfarfod."

Trodd Nick yn ara deg a syllu ar y dyn siwt grand a safai yn nrws ei stafell wely. Roedd gwên ar wyneb y copar a golwg fuddugoliaethus ar ei wep.

Daeth tri arall i'r stafell, dau mewn iwnifform, un mewn siwt, a hwnnw'n ŵr hŷn.

"No comment, Chief Inspector," chwyrnodd y lleidr.

Diflannodd gwên y dyn cyntaf. "Diolch am y dyrchafiad, Nick, ond..."

"Efo fi mae o'n siarad, Inspector Fôn," meddai'r siwt arall, y dyn pen moel a edrychai fel aelod o'r Gestapo. Camodd i gyfeiriad Nick. "Dw i'n *Chief Superintendent* erbyn hyn. Ac mae'n edrych yn debyg bo' chdithau 'di cael codiad hefyd, washi."

7/ Teulu ni

—*i*—

"TYD 'LAEN, NICK. Mater o amser ydi hi nes i ni gysylltu'r gwn yn dy gwpwrdd di â hwnnw a ddefnyddiwyd i saethu PC Jack Lloyd. Mater o amser nes i ni gael print o'th esgid di a'i chael hi'n ffitio'n berffaith efo honno'n y warws," meddai'r Ditectif Brif Uwcharolygydd Martin Slater.

Syllodd Nick Davies ar wal lwyd y stafell holi, a'r sigarét yn hongian o'i wefus.

Pwysodd Joel Fôn yn ôl yn ei sedd, yn benwan o'r mwg a ddeuai o 'sgyfaint a ffroenau'r lleidr arfog o'i flaen. Edrychodd y lleidr ar y paced o Silk Cut a orweddai ar y bwrdd rhyngddyn nhw: Inspector Joel Fôn, y Prif Uwcharolygydd Slater, ac yntau Nick Davies. Fe'i dychmygodd ei hun efo gordd yn malurio'r bocs bach di-ddim. 'Sgwn i faint o ffags sy'n weddill, meddyliodd? Faint mwy fyddai o'n gorfod eu smocio cyn cyfadde?

Tagodd Joel a gwyro ymlaen gan orffwyso'i ddwy benelin ar ymyl y bwrdd. Edrychodd ar y recordydd tâp yn mynd rownd a rownd yn dawel bach, a rhwbiodd ei wyneb â'i ddwylo. "Dw i'm yn gweld pam y dylian ni ista yn fan 'ma, yn mynd trwy'r rigmarôl 'ma, a ninnau – a chdithau o ran hynny – yn gwybod pwy fuo'n dwyn o'r swyddfa bost na'r bore 'ma. Y gwn, y masg, y bag – a'r cash, Nick."

Edrychodd Nick Davies arno; roedd casineb yn datŵ ar ei wyneb. "Dim fi saethodd y mochyn 'na, reit."

"Ond chdi oedd Ronald Reagan, ia?"

"Dw i'n deud dim." Syllodd drachefn ar y wal lwyd.

"Dysgu cau dy geg yn jêl, ia?" gofynnodd Slater. "Ddysgon nhw fawr ddim arall i chdi, washi. Rwyt ti'r un mor dwp ag yr oeddat ti wyth mlynedd yn ôl."

Pwysodd Nick yn ei flaen, gan orffwys ei freichiau ar y bwrdd. Edrychodd ar Slater, yna ar Joel, ac yna'n ôl ar Slater. "Gwranda, Kojak," meddai.

Dychmygai Joel iddo glywed gwaed Slater yn berwi. Roedd y Prif Uwcharolygydd yn sensitif ynglŷn â'i ben moel; mor sensitif fel y bu iddo siafio pob blewyn o'i ben a thaeru du yn wyn mai "dyna'r steil heddiw", a bod ganddo, mewn gwirionedd, fwy o wallt na ZZ Top efo'i gilydd.

Aeth Nick yn ei flaen, "Dydi o uffar o ots gen i am dy gopar di..."

"Roedd gan y *copar* yna chwech o blant..." dechreuodd Joel.

Trywanodd llygaid gwyrdd maleisus Nick Davies rai Joel Fôn. "... na'i ffycin blant o chwaith. Ffwc ots, ocê? Ond mae ots gen i ista'n y twll lle 'ma'n cael 'yn ffitio fyny am rwbath na 'nes i 'rioed."

"Be? Saethu plismon? Dim y tro cynta i chdi saethu plismon, Nick." Rownd i mi, dw i'n credu, meddyliodd Joel.

"Dieuog, dic-tectif! Dieuog!" rhuodd y lleidr gan godi ei fys yn gyhuddgar fodfeddi o drwyn yr arolygydd.

"Ddim tro yma, cono," meddai Slater wrth dynnu lluniau ar bad o bapur o'i flaen. "Ddim tro yma."

—ii—

Roedd Harri Morgan wedi ymlâdd. Gorffwysodd ei phen yng nghrud ei dwylo, a gadael i arogl cry'r *espresso* ymlwybro'n slei i'w ffroenau. Cododd ei phen a thynnu mwg o'r Marlboro i'w 'sgyfaint gan geisio dychmygu'r olwg ar wyneb Nick Davies, y dyn a saethodd ei thad, ac yntau'r tro hwn yn wynebu oes o garchar.

Byddai Dad wedi bod wrth ei fodd, a bwriadai fynd i'w weld heno. A Mam; mi ddylai hithau gael gwybod hefyd. Rhoddodd law ar y ffôn. Oedodd. Na, mi wna i yn nes ymlaen, meddyliodd. Blydi g'na rŵan, Harri! Cododd y ffôn, ond dechreuodd cloch ffôn arall sgrechian. Edrychodd o gwmpas y CID. Paul Hughes ar y ffôn; Siân Wheeler ar y ffôn; Roger Doughty ar y ffôn – y byd i gyd ar y ffôn; roedd hi'n ddiolchgar o'r esgus. Cododd o'i sedd i roi stop ar y sŵn.

"Sarjant Morgan."

"Helô," Roedd llais y dyn yn bryderus, yn cael ei foddi gan sgrechian gwyllt, gwirion rhyw ddynes oedd yn rhegu a melltithio. "Sarjant Don Morris sy 'ma ar y ddesg ffrynt. Mae 'na... ym... foneddiges yma. Am weld rhywun sy'n gysylltiedig ag achos Nicholas Davies."

"Deudwch wrthi am 'i heglu hi, Don. Be s'gynno fo i'w 'neud efo hi?"

Roedd y ddynes yn dal i fytheirio yn y cefndir, a'i llais yn wich wallgo.

"Ym... wel... hi ydi mam Nicholas Davies."

Roedd fel pe bai rhywun wedi drip-dripian dŵr rhewllyd i lawr cefn Harri.

* * *

Clywai Harri y wraig yn rhuo a bygwth wrth iddi gerdded i lawr y grisiau. Roedd y sarjant wedi gobeithio na fyddai fyth eto wedi gorfod wynebu'r harpi oedd yn aros yn y dderbynfa.

"Gobeithio y bydd o farw, yr ast!" Dyna'r oedd hi wedi ei weiddi wrth i Harri a'i mam adael y llys y diwrnod y cawsid Nick Davies yn ddieuog o geisio lladd PC Robert Morgan. "Cofiwch chi, y ddwy ohonach chi, fe fydd o'n rhydd ryw ddydd – ac fe fydd o'n dal yn ifanc!"

A'i breichiau o amgylch ei mam, teimlodd Harri'r wraig yn crynu wrth i'r wrach â'r gwallt du reibio y tu allan i'r llys. Byddai'r camerâu teledu'n cadw pob ystum, ac yn ei ailadrodd ar fwletin ar ôl bwletin y diwrnod hwnnw.

"Hidia befo," meddai Dad o'i gadair freichiau. Roedd ei lais yn gryg o hyd yn sgil y getran a rwygodd drwy'i wddw. "Fydd Nick Davies ddim yn para wythnos yn y lle 'na nes y bydd o'n begian a chrio fath â'r babi mam ydi o i gael dŵad adra.

"Fydd o'n ddyn gwahanol pan ddoith o'n rhydd."

* * *

Daliodd Harri ei gwynt ac agor y drws i'r dderbynfa.

Dyna lle'r oedd hi, a'i gwallt du fel adenydd o amgylch ei phen, y tatŵ o galon doredig i'w weld ar gefn ei llaw dde wrth iddi bwyntio bys blin i gyfeiriad Don Morris y tu ôl i'r ddesg, a'r llygaid, wedi eu gorchuddio gan golur tywyll, yn fawr fel peli golff.

Ciledrychodd Don Morris i gyfeiriad y ditectif sarjant.

Rhoddodd mam y lleidr daw ar ei phregeth a dilyn

ei edrychiad. Syllodd ar Harri'n hir. Diflannodd y gwallgofrwydd o'i hwyneb wrth i'r llygaid leihau'n ddau hollt main fel dwy wefus ddu. Craffodd ar Harri. "Dw i'n dy nabod di, 'mechan i?" gofynnodd a'i llais fel pe bai'n cael ei lusgo dros lwybr o gerrig mân.

"Dim os nad 'dan ni'n mynd i'r un cylch gwnïo."

Lledodd y llygaid gwyllt drachefn, a llifodd y gwaed i groen mapiog y bochau. "Paid ti â rhoid ffycin *cheeks* i mi, 'mechan i," meddai Mrs Davies, yn dawel a chrynedig. "Pwy wyt ti felly? Dw i isio gweld ditectif. Dim rhyw hanner pan o ysgrifenyddes."

"Dw i'n dditectif. Ditectif Sarjant," meddai Harri. Roedd ei phen yn corddi a'i chalon yn cynhyrfu yn ei bron.

Be 'nei di, Harri? Be 'nei di os gofynnith hi dy enw di? Be 'nei di?

Llithrodd llygaid Mrs Davies hyd gorff Harri, o'i chorun i'w thraed, ac yna'n ôl. "Lle mae'n hogyn bach i, bitsh?"

Ochneidiodd Harri ac edrych i'r nenfwd. "Os mai fel 'na 'dach chi i am fod, gewch chi adael. Rŵan."

Na! Dw i isio i chdi gario 'mlaen, yr ast. Jyst er mwyn i mi gael gafael yndda chdi. Cael hyrddio dy ben di yn erbyn wal. Dy glywad di'n begian. Dy glywad di'n crio.

Rhwbiodd Harri ei dannedd yn erbyn ei gilydd; gwthiodd ei hewinedd i gledrau ei dwylo. Daliodd ei thymer mewn rhwyd, er cymaint y stryffaglai'r anifail. Daliodd, daliodd nes i'w chyhyrau losgi, nes i'w chroen ffrwydro'n chwys.

"Dw i isio gweld Nick. Dw i isio gweld 'yn hogyn bach i," meddai Mrs Davies, gan gymryd cam ymlaen.

Ni symudodd Harri; sefyll a wnaeth yn y fan a'r lle, yn y drws.

Fydd hi'n ddigon amdanat ti.

"Mae'ch hogyn bach chi'n cael ei holi mewn cysylltiad â llofruddiaeth heddwas."

"Tydi 'yn hogyn bach i 'rioed 'di llofruddio... heddwas." Poerodd y gair 'heddwas' o'i cheg fel pe bai'n wenwyn.

Brathu dy dafod ydi'r peth i'w 'neud, Harri. Bratha'n galed; i'r gwaed, hogan. I'r gwaed.

Roedd y ditectif sarjant yn ysu am gael bwrw ei bustl, ar dân eisiau setlo cownt. "Chewch chi ddim o'i weld o, Mrs Davies. Nid tra mae o'n cael 'i holi. Wedyn, ella. Ewch adra. Ffoniwch yn hwyrach 'mlaen."

"Ffonia di fi, bitsh bach. Dw i'm yn wastio pres arnach chi, foch!"

Gwyddai Harri na fu ond y dim iddi ei hanghofio ei hun, mynd i'r afael â'r ddynes anghynnes 'ma, a gadael i'r dyrnau fwrw fel y bu'r glaw'n bwrw am ddyddiau; gadael i'r sgrechfeydd ffrwydro fel y ffrwydrodd y cymylau.

Trodd Mrs Davies i wynebu Don Morris drachefn, ar ôl penderfynu, o bosib, na fyddai modd iddi ennill y dydd.

"Ffonia *di* fi, boi bach," meddai gan bwyntio'i bys fel pe bai'n arf i gyfeiriad y sarjant y tu ôl i'r ddesg flaen. Yna a'i gwallt blêr yn chwifio fel baneri, trodd ar ei sawdl a rhuthro trwy ddrws y stesion i ganol storm o law. Chwythodd Harri wrth i'w chorff ymlacio a'i chyhyrau feddalu.

Gwenodd Don Morris ryw wên fach slei arni. "Do'n i'm yn gwbod bo chdi'n gwnïo, sarjant," meddai.

Ha ha. Ond doedd Harri ddim mewn hwyl i chwerthin.

8/ Beddau

—*i*—

ARHOSODD BEN PARRY efo'i fam am deirawr wedi i'r rhawiad olaf o bridd ddymchwel ar ei bedd. A bu'n dychwelyd bob dydd, ar ôl i'r siop gau, i barhau â'i wyliadwriaeth.

Dros y dyddiau diwethaf bu hi'n bwrw fel y gwnaeth yn oes Noa; rhywsut, roedd Ben yn teimlo ei fod wedi ei ddewis fel Noa i gynnal rhywbeth o bwys, i gadw'r fflam yn llosgi, i gyfrif yr eiliadau er pan gollwyd y trysor mwyaf.

Symudodd ei bengliniau ryw ychydig yn y baw. Roedd y glaw yn ysgafnach erbyn hyn, ond yn dal i syrthio. Edrychodd i'r awyr dywyll. Gobeithiai weld sêr yno er mwyn iddo gael dweud "Dyna chi, Mam, yn un o'r sêr. Efo'r angylion eraill". Ond doedd 'na ddim sêr. Ac roedd Mam yn pydru yn y pridd.

Roedd Ben yn llosgi o'r tu mewn, ond yn methu'n glir â ffrwydro. Roedd o'n ysu am ffrwydro. Ffrwydro yn wyneb y rhai oedd yn gyfrifol am fynd â'i fam oddi wrtho. Ond fedrai o ddim; gan ei fod o'n wlanen o ddyn. Dyna a fuon nhw'n 'i ddweud erioed: "Babi mam! Babi mam!" A phwy oedd yno i achub y dydd?

Rhywdro, yn yr ysgol, ac yntau ond yn un ar ddeg, roedd criw o hen fechgyn cïaidd wedi ei gornelu ar y ffordd adra at Mam. "Babi mam! Babi mam!" herient, gan ei bwnio a'i gicio. "Babi mam! Babi mam!" Ceisiodd ymwrthod â'r dagrau; ceisiodd fod yn ddewr; ceisiodd sgrechian ar i'w fam ddod.

A'i fam a ddaeth. "BE 'DACH CHI'N 'NEUD I'M MABI BACH I, Y DIAWLIAID?"

Sgrialodd y bechgyn, ond llwyddodd Mam i gythru yng ngholer un. Gwichiodd wrth i Mam ei droi o amgylch. Hyrddiodd Mam y cnaf yn erbyn y wal, a gwelodd Ben dalcen yr hogyn yn taro'r brics, ac yn hollti. Llifodd strimyn o waed o'r briw, a gwingodd y bachgen. Ond ddaru Mam ddim maddau. Safodd fel cawres uwchben y cnaf a'i gicio'n ddidrugaredd yn ei gorff. Sgrechiodd y sglyfaeth; begiodd arni i roi'r gorau i'r ymosodiad – ond ddaru hi ddim.

Gwyliai Ben fel delw wrth i'w fam falurio'r bachgen. Ac ar ôl ychydig funudau, a oedd yn oriau i Ben, camodd yn ei hôl a chraffu ar y clwt gwaedlyd wrth ei thraed fel artist yn craffu ar gynfas. Roedd yr hogyn maluriedig yn swnian crio, ond chafodd o'r un cydymdeimlad.

"Paid ti BYTH â gneud hynna i'm mabi bach i eto, wyt ti'n dallt?"

Dalltodd.

Meddyliodd Ben am hynny rŵan, gan ei lapio'i hun yn y gôt felfaréd. Roedd hi'n oer, roedd y glaw yn ei boenydio, ond fyddai 'na'r un dim yn ei lusgo o fedd ei fam. Byddai'n mynd pan y gwyddai fod Mam yn barod iddo fynd. Chwyrnodd ei stumog. Edrychodd ar ei wats. Bron yn saith. Bwriadai fynd i gartre Anti Gina am swper. Roedd hithau wedi cael cam heddiw; cam drachefn mewn bywyd llawn cam, a byddai'r ddau'n gysur i'w gilydd.

Yn gysur ac yn graig. Ia, mae'n rhaid i chdi fod yn graig o hyn ymlaen, Ben. Mae'n rhaid i chdi sefyll yn dal. "Jyst chdi a fi," oedd Mam wedi dweud pan gerddodd "y dyn", fel y galwai ei gŵr, drwy'r drws am y tro olaf. "Jyst chdi a fi." Wel, Ben, jyst *chdi* sydd 'na erbyn heddiw.

Edrychodd o'i gwmpas. Setlodd ei lygaid ar ffigur a oedd yn penlinio o flaen bedd ganllath i'r chwith. Merch. Un brydferth a'i gwallt yn dywyll gan y glaw. Crynodd Ben. Teimlodd gyffro yn ei stumog, teimlodd y chwys yn ymwthio trwy fân dyllau ei gnawd er y tymheredd. Mae hi yn yr un sefyllfa, yn brifo. Mi fasa'r ddau ohonan ni efo'n gilydd yn medru rhannu cymaint – y boen, y tristwch; a phoen a thristwch y ddau ohonan ni'n asio'n hapusrwydd.

Edrychodd o hyd, gan obeithio y byddai'r ferch yn syllu i'w gyfeiriad. Pe bai'n gwneud hynny, byddai Ben yn chwipio'i lygaid yn ôl i garreg fedd Mam. Dylai fynd draw, fel y byddai unrhyw ddyn yn ei wneud. Ond na, fedrai o byth. Beth pe bai hi'n dychryn? Yn gwylltio? Ddim am sgwrsio? Na. Na. Ella y daw hi draw. Gobeithio y daw hi draw.

A dal i obeithio yr oedd Ben ddeng munud yn ddiweddarach pan ddaeth gwraig hŷn i sefyll y tu cefn i'r ferch. Safodd ac edrych ar y garreg fedd cyn troi a rhodio i ffwrdd. Gwlanen o ddyn.

—ii—

"Druan o Jack, yndê?" meddai Harri'n dawel gan syllu ar y garreg farmor a nodai fedd ei thad. Crynodd yn yr oerni, yn y glaw, yn y tywyllwch. Fyddai'r storm byth yn pylu? Dylai'r dymestl dawelu o hyn allan. Byddai Nick Davies yn talu, yn wynebu oes yn y carchar. Er na chafwyd o'n euog o geisio llofruddio'i thad, byddai'r ddedfryd yn cyfiawnhau'r hyn a gredodd Harri, ei mam, a chyd-weithwyr Robert Morgan er y digwyddiad.

Ond na; doedd dim arwydd bod y ddrycin yn gostegu. Daeth y dydd pan lithrasai ei bywyd o dan y cwmwl hwn yn ôl iddi fel y dilyw. Pedwar o'r gloch ryw bnawn anghynnes o Ragfyr. Wyth mlynedd ynghynt. Hithau'n gwylio *Countdown* yn y tŷ a rannai efo cyfeillion coleg; teimlai ei phen fel pe bai rhyw ddyn bach direidus yn ei phenglog yn taro'i hymennydd efo morthwyl; roedd ei stumog yn bygwth brysio i fyny'r lôn goch a gwagio gormodedd neithiwr dros y carped llychlyd.

Buasai'n yfed tan dri y bore efo'i ffrindiau ar ôl ffrae yn y dafarn efo'r cariad, Peter; roedd hwnnw wedyn wedi hyrddio byrddau a diodydd o'r neilltu wrth frasgamu o'r Lazy Fox. Yfed tair potelaid o win coch wedyn yng nghwmni Hannah ac Emily, a'r tair merch yn damio dynion, yn ail-fyw methiannau rhamantus, a'r gwryw bob tro'n cael y bai.

Eisteddai yno'n gwylio Richard Whitely ar y teledu, yn gwrando ar y glaw yn taro'r ffenest. Yna sgrechiodd y ffôn, a gyrru'r dyn bach direidus yn ei phen i weithio'n fwyfwy caled efo'i forthwyl. Rhewodd, ac oeri, wrth wrando ar ddagrau ei mam ar ben arall y ffôn, a gwylio dagrau'r nefoedd ar y stryd ym Manceinion. Ond ddaru hi ddim crio.

Wrth iddi bacio, a'i meddwl yn chwyrlïo, daeth cnoc ar y drws. Peter oedd yno. Roedd am ymddiheuro. Ond ni chymerodd hi sylw o'r dyn, dim ond rhuthro o gwmpas y tŷ ac yntau'n ei dilyn fel ci bach.

"Aros... Harri... aros," meddai gan gydio yn ei braich a'i llonyddu. "Be ti'n 'neud? Paid â mynd? Dwyt ti'm yn mynd oherwydd neithiwr? Mae'n ddrwg gen i. Fi oedd ar fai."

Dychwelodd at ei phacio, gan daflu dillad i fag. "Rhaid i mi fynd adra."

"Pam? Jyst deuda pam?"

Arhosodd Harri a syllu arno. Teimlodd y dagrau'n ei dallu, y crio cynta'n cychwyn. "Dad," ebychodd, cyn suddo'i hwyneb i ysgwydd Peter a gadael i'w dagrau gymysgu â'r glaw oedd yn gwlychu defnydd ei siaced.

* * *

Syllodd Harri i'r nefoedd dywyll, fygythiol, a wynebu'r glaw mân a syrthiai'n gyson, yn ditrwm-tatrwm ar y tir, ar y beddau. Gwyrodd i gyffwrdd â'r garreg farmor a dilyn enw'i thad â'i bys...

WILLIAM ROBERT MORGAN

... ac yna llithrodd ei bys i rigolau amser...

GANED, MEHEFIN 23ain 1943

HUNODD, TACHWEDD 3ydd 1993

... ac ymlwybrodd ei bys dros y marmor llyfn, cyn gorffwys yn y cerrig mân.

"Ddoist ti ddim â blodau."

Neidiodd calon Harri. Trodd yn sydyn.

Safai'r wraig efo'i dwylo'n ddwfn ym mhocedi ei chôt law. Roedd ei hwyneb rhychiog yn brawf o'r stormydd y bu *hi'n* brwydro yn eu herbyn dros y blynyddoedd.

Daeth y gair yn hawdd o'i chalon i'w gwefusau: "Mam." Cododd Harri o'i gliniau a lapio'i breichiau o gwmpas y wraig. Ymatebodd hithau drwy wasgu ei merch yn dynn.

9/ *Pwy faga blant?*

—*i*—

GWASGODD EI LLAW am wddw'r botel win a dychmygu ei bysedd yn suddo i gnawd Joel Fôn. Caeodd ei llygaid ac anadlu'n ara deg, a gadael i arogl y cyw iâr oglais ei ffroenau a'i helpu i ymlacio. Clywai Daron Griffith leisiau ei rhieni yn sisial siarad yn y stafell fyw. Be maen nhw'n ei ddweud? Na. Dw i'm am glywed. Dw i'm am wybod. Gwyddai mai siarad amdano fo roeddan nhw. Ble mae'r hogyn 'na? Dyna fyddai Dad yn ei ddweud. Hogyn? Ei alw fo'n hogyn? Roedd Joel yn dri deg saith, neno'r nef. Ond hogyn oedd o byth i Glyn Griffith. Efallai nad oedd o'n bell o'i le.

A hithau, Daron, ei hogan fach. "Dad, dw i'n dri deg wyth. Faswn i'n gwerthfawrogi cael 'y nhrin felly." Ond fyddai o byth; na Mam chwaith. "Wyt i'n hen ferch..." Hen ferch? HEN FERCH? Dyna ddisgrifiad dychrynllyd. Fel hen lanc. Hen ferch, wir.

"... tydi'r hogyn 'na... " – 'hogyn', dyna fo'r gair eto, 'hogyn' – "... ddim am ofyn i chdi briodi? Tydach chi efo'ch gilydd ers saith mlynedd bellach. 'Sa waeth i chi... 'neud yn iawn."

Roedd y gair 'priodi' wedi codi'i ben o'r blaen ym mywyd Daron, flynyddoedd yn ôl a hithau newydd ddychwelyd i'r dre wedi pasio'n ddoctor o Brifysgol

Lerpwl ac wedi cael lle mewn practis lleol.

"Tydach chi'n canlyn ers dwy flynedd. Tydio'm am ofyn i chdi briodi?" meddai Mam, a Daron yr adeg honno yn byw efo'r Dr Neil Evans.

Cafodd ddwy flynedd arall o'r holi hynny nes i'r berthynas fynd i'r gwynt, ac i Neil fynd i bractis arall yng Nghaer.

Ac yna, Joel; a'r un holi. A holi newydd... Plant.

Ar y cychwyn doedd gan Daron yr un bwriad i fod yn llestr i obeithion Joel, nac yn declyn i gysuro'i mam a'i thad. Oedd, roedd hi am fagu plant; ond roedd ofn yn cnoi arni, fel ci ar asgwrn, yn sgil ei phrofiadau. A rŵan yn waeth nag erioed. Ond beth pe bai'r un peth yn digwydd? Siomi cymaint o bobl, torri calon Joel? Colli Joel. Blydi hel, meddyliodd gan lowcio gwydraid o win, blydi, blydi, blydi hel, pam dw i fel hyn?

Roedd hi ar fin tywallt gwydraid arall pan glywodd ddrws y ffrynt yn agor. Trodd a phwyso'i chefn ar y sinc, a'i breichiau wedi eu plethu fel tarian o'i blaen. Arhosodd iddo ddod trwodd i'r gegin. Gwrandawodd wrth iddo sgwrsio â'i rhieni. Ceisiodd Daron glywed y geiriau, ond ni threiddiai'r sŵn drwy'r drws caeedig.

Roedd yn adnabod sŵn ei lais, a gwasgodd ei llygaid ynghau wrth feddwl cymaint roedd hi'n caru'r dyn 'ma oedd yn ei hanfon o'i cho: ei lygaid tywyll, dirgel; y wên fach slei pan oedd direidi ar y gweill; y dwylo cryf a oedd fel adenydd glöyn byw ar ei chorff; y ffordd y byddai'n cariadus smwddio'i ugain tei silc pob nos Sul; y modd y byddai'n codi briwsion oddi ar y bwrdd bwyd efo bys wedi ei wlychu ar flaen ei dafod. Ac wedyn, yr hyn oedd yn ei gwylltio... ond yr hyn a wnâi Daron Griffith yn gandryll oedd yn gwneud iddi ei garu.

A dyma fo.

"Wyt ti 'di gneud hyn ar bwrpas," meddai, a'i llygaid gwyrdd fel dau farnwr yn ei gondemnio.

Caeodd Joel ddrws y gegin. " 'Nes i anghofio, Daron. Ar fy llw."

" 'Dan ni wedi b'yta. Mi ddyliwn i ddeud fod dy swpar di yn..." meddai gan ystumio tua'r bin pedal gwyrdd yng nghornel y gegin. "Ond gadwis i rywfaint i chdi."

"Wel... ym..." ffwndrodd Joel gan wrthod dal ei llygaid.

"Paid ti â meiddio deud bo' chdi 'di b'yta. Paid â meiddio," ysgyrnygodd gan droi'n ôl at y sinc a thywallt gwydraid o win iddi hi ei hun. "Awn ni drwodd at Mam a Dad yn wên o glust i glust, yn haul i gyd. 'Nawn ni chwerthin yn hwyliog; 'nawn ni dynnu coes, drwy'r awgrymiadau cyson, drwy'r straeon di-ben-draw am hwn a'r llall 'di priodi, y ddau acw 'di cael efeilliaid." Trodd i'w wynebu, a'i bochau'n goch fel gwawr fygythiol. "Iawn?"

Saliwtiodd Joel.

Cythrodd Daron yn y botel win a cherdded heibio iddo am ddrws y gegin. Ond cyn ei agor, edrychodd arno eto gan ddweud: "Ac ar ôl iddyn nhw fynd gawn ni ffrae."

—ii—

Coffi go iawn. Wrth fwrdd go iawn. Mewn cegin go iawn. Mewn cartre go iawn. Edrychodd Harri o'i chwmpas: pob dim yn ei le – y llestri'n daclus ar y dresel, y teils blodeuog yn bur fel eira, y sinc fel drych o glir, y stôf fel pe na bai'r un pryd bwyd wedi ei goginio arni erioed. Gwasgodd y gwpan a theimlo'r gwres yn llosgi i gledrau ei dwylo.

"Pryd oedd y tro diwethaf i chdi ista'n fan 'ma?" holodd Meg Morgan, a eisteddai gyferbyn â'i merch wrth y bwrdd derw.

"Ga i smocio?" gofynnodd Harri gan estyn y paced Marlboro a'r leitar Zippo o boced ei chôt ledr.

"Be?" ochneidiodd Mrs Morgan, a'i hwyneb yn bictiwr o sioc.

Gwenodd Harri iddi hi ei hun. Ond yna dwrdiodd y diawl oedd ynddi. Tyfa fyny, hogan, meddyliodd. I be oedd raid i chdi 'neud hynna?

"Do'n i'm yn gwbod," meddai ei mam gan godi a chymryd soser oddi ar y dresel a'i gosod o flaen ei merch.

"Sori. Hidiwch befo."

"Na... iawn... oedd dy dad..."

Oedd, roedd Dad: dau Embassy Number 1 a phaned o'r coffi go iawn 'ma fyddai brecwast Dad. Cofiai Harri hynny; cofiai eistedd gyferbyn ag o yn ei gwisg ysgol yn llowcio'i Frosties ac yn anadlu'r mwg.

"Paid ti byth â smocio, 'mechan i," fyddai Dad yn ei ddweud. "Hen beth hyll. Hen beth hyll i genod 'neud. Mae o'n ddrwg i chdi."

Wel, os oedd o'n hyll, os oedd o'n ddrwg iddi... A chafodd y cynta'n ddeuddeg oed y tu cefn i'r adeiladau rhyfedd hynny a elwid yn *terrapins* yn yr ysgol, lle y dysgid gwersi da i ddim fel *General Studies*, *Classical Studies* a *Sociology*. Gwersi ymylol ar gyrion addysg wedi'u halltudio i ffin bella'r ysgol. Lle da am smôc; lle da i gambyhafio; lle da i sleifio o'r ysgol amser cinio, ymhell o olwg awdurdod. Y cyrion; lle'r oedd hi hyd heddiw.

"Sgwenish i," meddai Harri gan ymlacio wrth i'r mwg grafu ei chorn gwddw a setlo yn ei 'sgyfaint.

"Do, dair gwaith mewn chwe blynedd."

"Ges i'r un llythyr yn ôl."

"Lle chdi 'di cysylltu efo dy fam."

"Fasach chi 'di medru sgwennu'n ôl."

"Fasa chdi 'di medru ffonio. Neu 'di galw draw."

Trodd Harri i syllu ar ei chi mawr du a gysgai'n dawel wrth ddrws y cefn, fodfeddi o'r glaw blin a syrthiai o'r nos. Mae hi wedi plannu had ffrae, a rŵan mae hi'n dyfrio'r gwreiddiau, meddyliodd Harri. "Pam na fedrech chi faddau i mi? Pam na fedrech chi dderbyn?"

Daeth poen i wyneb Meg Morgan. Gwasgodd ei llygaid ynghau, a sylwodd Harri ar y llinellau a redai'n llwybrau dros groen ei mam.

"Be oedd yn dy ben di, hogan wirion? Ar ôl pob dim. Ar ôl yr hyn a ddigwyddodd?"

"Dyna'n union pam y *g'nes* i, Mam," meddai Harri gan ddod â'i dwrn yn dyner i gysylltiad â phren y bwrdd. "*Oherwydd* yr hyn a ddigwyddodd i Dad."

"Tasan ni wedi dymuno i chdi fynd yn blismones, fasa chdi 'di mynd yn groes."

Drymiodd Harri ei bys ar ymyl y bwrdd. "Dw i'n cofio gneud y penderfyniad. Dw i'n cofio'i weld o'n y gwely 'na. Yn cofio fel tasa fo'n ddoe."

"I be?"

"I be? Dwn i'm i be. Rhag i'r un peth ddigwydd i rywun arall? Dwn i'm. Jyst rhwbath mae rhywun yn 'i 'neud. Rhwbath mae rhywun yn gorfod 'i 'neud. Rhwbath i 'neud," meddai Harri gan godi o'i sedd a cherdded at y sinc. Syllodd drwyr ffenest i'r düwch gwlyb yn chwilio am reswm. Ond roedd hi'n rhy dywyll. " 'Dach chi'n styfnig, Mam. 'Dach chi'n ofnadwy o styfnig. Dyma dw i'n 'neud, a dyna fo. Dyma ydw i." Trodd i wynebu ei mam. "Iawn, mae 'na adegau pan dw i 'di tynnu'r gwallt o 'mhen a meddwl pam ar wyneb y ddaear y gwnes i beth mor ddwl. Ond dw i'n mwynhau. Dw i'n dda. Plis byddwch yn falch ohona i."

Trodd Meg Morgan oddi wrth ei merch a syllu ar lun ei phriodas a hongiai ar wal gefn y gegin. "Yn dy lythyr... un ohonyn nhw... soniaist di am ryw ddyn. Sam rwbath neu'i gilydd."

O damia, meddyliodd Harri, a'i meddwl yn chwyrlïo. "Sam Jacobs. Cyfreithiwr," cofiodd Harri.

"Sut mae o?"

"Dydi o ddim. Ers blynyddoedd."

"Oes 'na rywun?"

"Dim ond y fo," meddai Harri gan edrych i gyfeiriad Ffaro.

"Be oedd o'i le efo'r Sam 'ma felly"“

"Ei wraig o. A dau o blant."

"O, Harri," ochneidiodd Mrs Morgan, gan droi'n ôl at ei merch. "Be oedd yn dy ben di?"

Cododd Harri ei 'sgwyddau. Nid be oedd yn 'y mhen i oedd yn cyfrif ar y pryd, meddyliodd.

"Wyt ti'n wyth ar hugain oed. Ro'n i'n fam i hogan fach ddyflwydd oed a finna'n wyth ar hugain. Dw i mewn oed rŵan lle baswn i'n lecio bod yn nain."

" 'Dach chi'm yn teimlo fath â nain?"

"Dw i'n teimlo'n hen iawn."

Aeth Harri'n ôl i'w sedd. Gorffwysodd ei dwylo ar y bwrdd. Ysai am eu llithro ar draws y pren llyfn a chyffwrdd yn nwylo'i mam. Ond feiddiai hi ddim. Ddaru hi erioed o'r blaen. Oedd 'na bwrpas mewn newid arfer oes? “Rhaid i chi ddŵad draw ryw noson,” meddai’n dawel.

“Draw?” meddai Mrs Morgan. “Sut olwg sy ar y fflat ’na? Wyt ti’n b’yta’n iawn? Fuo chdi ’rioed yn un dda yn y gegin, naddo.”

“Dw i’n b’yta’n iawn. Mae’r fflat yn grêt.”

“Be ’nath i chdi brynu’r ffasiwn le? Cartra yma i chdi. Pam na ddoi di adra i fyw, Angharad?”

Sugnodd Harri o’r sigarét a’i lladd yn y soser. “Peidiwch â ’ngalw fi’n Angharad.”

—iii—

“Dwyt ti’m yn meddwl bo’ gen i reswm digonol?” gofynnodd Joel gan adael i’w lygaid grwydro dros ddrycin y bwrdd bwyd. Roedd y platiau, y powlenni, y gwydrau, a’r poteli gwin heb eu clirio. Troellodd ei ail wydraid o win rhwng ei ddwylo.

“Fasa chdi wedi medru ffonio,” atebodd Daron.

“Daron, gen i achos o lofruddiaeth. Un o ’nghydweithwyr i wedi cael ei saethu’n farw. Ddaru swper efo dy fam a dy dad lithro o ’meddwl i,” meddai Joel, a chadernid yn ei lais.

“Nid dyma’r tro cynta, Joel. Wn i’n iawn fod hwn yn achos o bwys, felly paid â bod yn nawddoglyd.”

Eisteddodd Joel yn ôl yn ei sedd a gwagio’r gwydr gwin. O! am un arall.

“Dw i’n meddwl weithiau bo’ chdi’n tynnu gwaith i dy ben i osgoi dŵad adra,” datganodd Daron.

“Mae hynny’n hurt, a dwn i’m pam rwyt ti’n meddwl y fath beth.”

“Pam dw i’n meddwl y fath beth? Oherwydd dydw

i'm yn gwbod be i feddwl erbyn hyn, Joel, dyna pam. Wyt ti adra'n hwyr, yn anwybyddu achlysuron fel heno, yn siarad am y drygau rwyt ti wedi eu nadu – o fy arwr – ac wedyn... wedyn... blydi babis." Cuddiodd ei hwyneb â'i llaw, a gwrthod yr hawl i'r dagrau dywallt.

Roedd Joel yn hanner ystyried mynd i'r gegin i nôl potel arall o win: oherwydd ei fod o angen gwydraid arall, ac oherwydd y byddai'n gyfle iddo osgoi llid ei gymar. Ond ddaru o ddim. "Dwyt ti byth yn gofyn i mi sut ddiwrnod ces i, nac wyt?" meddai gan syllu i'w wydr gwin gwag.

"Fath â gwraig bach dda? Dw i'm isio gwbod, Joel. Fydda i ddim yn dy ddiflasu di efo'r hanesion am 'y nghleifion a'u poenau."

"Dywed wrtha i!" ymbiliodd Joel. "Dywed wrtha i os mai dyna rwyt ti'n 'ddymuno!"

Trawodd Daron y bwrdd efo'i llaw. "Dw i ddim yn dymuno. Dw i isio rhwbath arall rhyngddan ni pan 'dan ni yma. Pan 'dan ni efo'n gilydd."

"Ydan ni efo'n gilydd bellach?"

Roedd ei llygaid fel cleddyfau, yn trywanu ei galon, a difarodd i'r geiriau hynny lithro o'i geg fawr. Daeth gwên greulon i'w gwefusau, a neidiodd ar ei thraed. Ysgydwodd ei phen a rhuthro am y grisiau.

A Daron wedi dyrnu i fyny am y lloft, penderfynodd Joel fod hon yn adeg werth chweil i foddi mewn gwydraid arall o win.

10/ Corpus Delicti

PENDWMPIAI DON MORRIS o flaen y teledu. Roedd cloc y fideo'n dweud ei bod hi newydd droi hanner nos. Bu'r sarjant yn gwylio ffilm yng nghwmni chwe-phac o Carlsberg, tra gweithiai Diane yn ei stydi i fyny'r grisiau.

Byddai'n mynd i fyny'r grisiau i'w stydi ar ôl *Pobol y Cwm* bob nos, a chau'r drws i sgrifennu'r llyfrau plant a oedd mor boblogaidd ymysg pobl ifanc Cymru.

Doedd Don erioed yn ei fyw wedi darllen llyfr, wrth gwrs, ddim hyd yn oed wedi agor clawr un o'r miloedd oedd yn ei amgylchynu'n fygythiol yn y llyfrgell leol lle gweithiai Diane yn ystod y dydd.

Er hyn, llyfrau a ddaeth â'r ddau at ei gilydd. Cnaf yn dwyn llyfrau o'r llyfrgell bum mlynedd ynghynt pan oedd Don newydd ei wneud yn sarjant, newydd ddathlu ei ben blwydd yn ddeugain oed, ond yn dal yn ddyn dibriod. Cyfarfu â Diane yn ystod yr ymchwiliad, a phriodwyd y ddau ddeunaw mis yn ddiweddarach.

Doedd 'na ddim plant, ond doedd hynny ddim yn bryder mawr i Don. Fe'i cafodd hi'n anodd newid ei ffordd o fyw, ei fywyd annibynnol, ei fywyd sengl, ac fel hyn roedd hi bellach: rhyw ychydig oriau yng nghwmni ei gilydd ar ôl gwaith, cyn i Diane fynd at ei geiriau, cyn i Don setlo'i hun o flaen y teledu i fagu a bwydo'i fol cwrw.

Agorodd ei lygaid, ac agor ei geg. Gollyngodd ei

law dros fraich y soffa a ffwndrodd am gan o gwrw. Gwenodd wrth i'w fysedd gyffwrdd ag oerni cysurus y metel. "Ty'd yma, bach," meddai'n dawel gan agor y can efo un llaw a chymryd llymaid hir o'r lagyr. "Ah, hyfryd, hyfryd."

Ar y teledu roedd gwraig bryd tywyll yn siarad Sbaeneg ac ymddangosai'r geiriau diarth ar waelod y sgrin. I be ddysga i Sbaeneg? Dyna oedd yn mynd trwy feddwl Don wrth iddo wneud ymdrech i godi o'i sedd a throi'r teledu i ffwrdd. Syrthiodd yn ôl i fwynder y soffa, a chymryd llwnc arall o'r lagyr.

"Don! Don!" Ni chymerodd Don sylw o sibrwd ofnus ei wraig. "Don! Ty'd yma!"

Trodd a gweld wyneb gwelw Diane yng ngwaelod y grisiau. "Be sy?" holodd y sarjant.

"Ty'd yma. Mae 'na rywun yn yr ardd."

"Be?" ebychodd gan stryffaglu ar ei draed. Dilynodd ei wraig i fyny'r grisiau.

"Fan'na! Yli!" meddai Diane gan bwyntio trwy'r ffenest ar ben y grisiau.

Craffodd Don drwy'r düwch, drwy'r glaw. Welai o ddim, dim byd ond... "Blydi hel!" Roedd ffigur tywyll yn celu wrth y giât gefn. "Reit," datganodd Don gan frasgamu i lawr y grisiau.

"Don, bydda'n ofalus. Wyt ti am i mi ffonio'r stesion?"

"Paid â bod yn wirion. 'Na i sortio'r diawl."

Llamodd Don Morris drwy'r gegin, a thaflu'r drws cefn yn agored, gan obeithio y byddai'r sŵn yn ddigon i ddychryn y tresmaswr. Roedd ei galon yn drymio'n wyllt. Er i'r dieithryn ymddangos yn elyn tila – yn fyr ac yn denau – roedd ofn yn gwanio pledren y plismon. Byddai'n well ganddo weld y cuddiwr yn ei heglu hi na gorfod ei wynebu. Ond os byddai'n rhaid iddo gwffio... wel, dyna fo.

A'r glaw yn pistyllio'n ddidrugaredd, crynodd Don wrth gamu i'r nos. Damia, ddyliwn i fod wedi rhoi côt amdanaf, meddyliodd. Ta waeth. Fydd hwn 'di 'i heglu hi o fewn chwinciad, a ga i roi clec i'r cwrw o flaen y tân.

Ond doedd dianc ddim ar agenda'r tresmaswr. Gwelodd Don ei elyn ar ei gwrcwd wrth ymyl y giât. Roedd wedi ei wisgo mewn du efo masg balaclafa am ei ben. Roedd ganddo fag chwaraeon du wrth ei sawdl, a gwyliodd Don y dieithryn yn tyrchu yn y defnydd.

"Hei, be ti'n 'feddwl ti'n 'neud y cythra'l?" rhuodd y plismon wrth i'w draed suddo i'r glaswellt llaith gyda phob cam. "G'na siâp, washi, neu os y ca i afael yndda chdi gei di uffar o gweir." Ond aros a wnâi'r dieithryn. "Wyt ti'n trio dy giamocs yn y lle rong, washi. Plismon dw i, sti." Stopiodd Don yn stond wrth i'w goesau fygwth ei fradychu a gwrthod camu ymhellach. Curodd ei galon fel rhybudd. A syllodd Don Morris yn ddisymud i lawr baril y gwn. Cododd y dieithryn ar ei draed a chamu'n ara deg tuag at y plismon, gan lusgo'r bag y tu ôl iddo fel pe bai'n gi oedd yn gwrthod mynd am dro.

"Hei... ara deg rŵan, boi... rho hwnna o'r neilltu... deuda wrtha i be t'isio... tyd 'laen..." ffwndrodd Don, gan ddal ei ddwylo o'i flaen.

Arhosodd y tresmaswr ryw deirllath o flaen y sarjant. A gwasgodd y glicied. Gwaeddodd Don Morris wrth iddo gael ei daro yn ei wyneb. Ond doedd 'na ddim ergyd. Syrthiodd y plismon i'w liniau wrth i'r hylif ei ddallu.

Dim ergyd, dim ergyd.

Am eiliad meddyliodd iddo gael ei saethu efo asid, a rhwbiodd ei lygaid. Meddyliodd eu bod yn llosgi, credai fod croen ei wyneb yn plicio. Ond daeth ato'i hun; daliodd ei wynt; ymlaciodd.

GWN DŴR?

Agorodd ei lygaid a syllu'n ddryslyd ar ei ymosodwr, mewn pryd i weld y morthwyl yn hyrddio trwy'r awyr.

11/ *Fel pobl rydan ni'n methu, nid fel plismyn*

"RO'N I AM i'r diawl fod yn euog pa un a oedd o'n gyfrifol neu beidio," meddai Harri gan sugno ar sigarét arall yng nghyntedd yr adran batholeg. "Fedra i'm diodde meddwl amdano fo'n chwerthin am ein pennau ni."

Pwysodd Joel ar y wal gyferbyn â hi, a'i gorff yn wan gan ddiffyg cwsg. Pan ganasai'r ffôn am chwarter i un y bore gorwedd ar y soffa yr oedd, a'r trydydd gwydraid gwin hwnnw wedi mynd yn anghof yn sgil ei ffrae efo Daron.

"Fydd o'm yn chwerthin yn hir. Beth bynnag a ddaw o hyn, mae Nick Davies yn wynebu coblyn o gyfnod hir yn y jêl." Edrychodd i gyfeiriad ei sarjant. 'Sgwn i os ydi hi'n canlyn? 'Sgwn i os ydi hi'n treulio'r nosweithiau'n ffraeo efo'i dyn? Na, mae gan Harriet Angharad Morgan fwy o faich na chariad neu golli cariad; mae Harriet Angharad Morgan yn ffyrnig dros weld y dyn a saethodd ei thad yn talu. "Rhaid i chdi anghofio amdano fo rŵan, Harri. Mae hi'n ta ta ar Nick. Ond mae gynnon ni lofrudd yn ein mysg, a does gynno fo fawr o gariad tuag aton ni."

"Oedd gan Don Morris blant?"

"Nac oedd. Mi briododd o ryw dair, bedair blynedd yn ôl am y tro cynta'. Fawr o awydd plant. Cythrals bach swnllyd, yn ôl Don."

Gwenodd Harri. Gollyngodd y sigarét i gwpan goffi, a gwrandawodd wrth i'r fflam hisian i farwolaeth yn yr hylif brown. " 'Sgynoch chi blant, syr?"

"Paid â sôn, Harri," ochneidiodd Joel.

" 'Dach chi'n briod?"

"Wyt ti ar dir bregus iawn, sarjant. A phaid â 'ngalw fi'n 'chi' – mae o'n gneud i mi swnio fel athro. Ac mae Joel yn ddigon da pan nad oes 'na neb arall yn gwrando."

Crwydrodd Harri at ddrws y labordy a syllu drwy'r ffenest fechan. "Gaethon nhw brints o'r ciosg?" Trodd Harri i wynebu'r inspector. "Y ddynes ffoniodd i ddeud fod 'na stŵr yn y warws lle y lladdwyd Jack Lloyd?"

"Llond lle o brints. Ddaru'r globan wirion ddim gadael ei henw. Gormod o ofn arni, siŵr o fod."

"Ydach chi'n... Wyt ti'n gweld bai arni hi? Be am yr hoel traed yn y warws?"

"Doedd o ddim yn cyfateb â hoel traed Nick Davies. Ac mi gafwyd un yng ngardd Don Morris. Faswn i'n barod i fetio'n llaw dde mai'r un droed ydi hi," meddai Joel gan blethu ei freichiau.

Aeth Harri i'w phoced ac estyn Snickers. Rhwygodd y papur oddi ar y siocled a'i daflu i fasged sbwriel. "T'isio hanner?" gofynnodd Harri, gan bwyntio'r baryn i gyfeiriad yr inspector.

Ysgydwodd Joel ei ben. "Dwyt ti'm yn byw'n iach iawn, nac wyt? Be mae dy ŵr yn 'i ddeud?"

Daeth rhyw chwerthiniad bach o wddw Harri. "Clyfar iawn, Mr Ditectif Inspector. Os wyt t'isio gwbod, pam na 'nei di jyst gofyn?"

Cododd Joel ei 'sgwyddau. "Ocê, dw i'n gofyn."

"Dim gŵr, dim cariad, jyst Rottweiler o'r enw Ffaro. A 'dan ni'n hapus iawn diolch yn fawr am ofyn." Cnodd Harri ar ddarn ola'r siocled, ac edrych ar Joel. "Chdi rŵan."

"Dw i'n byw efo GP lleol, Daron Griffith."

"Daron. Nid Darren, naci?" pryfociodd Harri.

Gwridodd Joel, a gwenu. "Na, Daron. Merch o'i chorun i'w sawdl. Duwies y dderwen. Enw afon ym Mhen Llŷn."

"Enw anghyffredin."

"Fath â Harri."

"Tydi Harri ddim yn enw anghyffredin."

"Be sy o'i le ar Angharad?" gofynnodd Joel.

"Enw neis-neis."

"Ac o ble doth yr Harriet?"

"Enw 'yn hen nain, ochor Dad. Dipyn o rebal yn ôl pob sôn."

"Rebal? Ti'n yn synnu i." Oedodd Joel. "A does na'm dyn felly."

"Dw i'm 'di cael fawr o lwc efo dynion. Neu tydi dynion ddim wedi cael fawr o lwc efo fi."

"Anodd gen i gredu hynny," meddai Joel gan syllu arni. Roedd hi'n hynod dlws a'r gwallt hir, melyn yn donnau dros ei 'sgwyddau, y trwyn smwt, y gwefusau llawn, a'r llygaid brown fel dwy gneuen. Ac roedd 'na rywbeth blêr yn ei chylch, rhyw natur annibynnol, rhyw agwedd 'paid-â-chyboli-efo-fi-washi-neu-gei-di-gweir', rhywbeth gwyllt, di-hid. Ond gwelai hefyd ochr arall, yr ochr dyner, y rhan ohoni a greithiwyd gan farwolaeth ei thad.

Roedd Harri'n dristwch hapus. Ysgydwodd ei ben. Doedd o ddim am feddwl amdani felly. Cyd-weithwraig oedd Harri Morgan, dim mwy. Roedd ganddo ddigon o broblemau heb syrthio dros ei ben a'i glustiau efo'i sarjant. Gwyliodd wrth i Harri gerdded oddi wrth ddrws y labordy, lle y gorweddai corff Don Morris o dan gyllell y patholegydd, ac ymwlybro tuag ato. Arhosodd ryw ddwy lath oddi wrtho, a phlethu ei breichiau. Edrychodd arno, a gwenu.

"Be am Daron felly? Ydi Daron a Joel yn fodlon eu byd?"

Os dw i'n dweud "Na", ydi o'n agor y drws?, meddyliodd Joel. Be mae hi'n ei ofyn? Ai jyst holi, ynteu chwarae mae hi? Gwenodd wên drist.

"Tydan ni'n ddau ar y naw," meddai Harri. Trodd eto i wynebu drws y labordy.

Chwythodd Joel lond 'sgyfaint o anadl drwy'i drwyn, ac ymlacio.

"Chawn ni fawr o groeso na chawn. Gan y cyhoedd. Gan y wasg," meddai'r sarjant. "Wedi gneud môr a mynydd o arestio Nick Davies. Ac wedi gneud stomp go iawn o bethau. Blydi plismyn da i ddim, dyna dd'udan nhw."

"Fel pobl rydan ni'n methu," ymatebodd Joel, gan syllu ar gefn pen Harri, ar y tonnau o felyn tywyll, cythryblus, "nid fel plismyn."

12/ Y gwagedd sydd dan yr haul

"EWCH O 'MA! Plis, ewch o 'ma!" ymbiliodd Ben Parry wrth wylio'r fintai o blant yn tynnu teclyn ar ôl teclyn oddi ar y silffoedd. "Gad'wch rheina'n llonydd!" gwaeddodd yn ddagreuol o'r tu ôl i'r cownter wrth i dri o fechgyn a dwy ferch, rhyw un ar ddeg oed, wneud direidi.

Rhoddodd un o'r bechgyn fwgwd rwber Spiderman dros ei ben ac meddai mewn llais myglyd: "Cau dy geg, pwff! Cau dy geg neu mi dd'uda i wrth y cops bo' chdi 'di bod yn chwarae efo'n chwaer i."

"Do," meddai un o'r genod gan lenwi ei phocedi â bomiau drewllyd, " 'ti 'di bod yn trio twtsiad ynof fi, mochyn budur."

Edrychodd Ben yn syfrdan. "Be? Na! Be 'dach chi'n 'ddeud? Ewch o 'ma!" Clywodd Ben ddrws y siop yn agor.

"FFWCIWCH O 'MA'R TACLA, CYN I MI ROID CWEIR I BOB UN WAN JAC OHONACH CHI!"

Stopiodd y plant eu direidi ac edrych i gyfeiriad y llais.

"GLYWSOCH CHI, Y CNAFON BACH? EWCH I'R FFYCIN YSGOL 'NA CYN I MI FFONIO'R FFYCIN *HEADMASTER*!"

Sgrialodd y plant heibio i'r ddynes wyllt ei golwg a safai yn nrws y siop. Clywodd Ben eu lleisiau'n sgrechian, "Gwrach! Gwrach! Gwrach!" wrth iddyn nhw ei heglu hi i lawr y lôn.

"Helô, Anti Gina," meddai Ben yn dila. "Diolch, Anti Gina."

Aeth Anti Gina ati i glirio'r llanast. "Gad'wch i mi 'neud hynna," mynnodd Ben.

"Dos di i'r cefn i 'neud panad, Ben."

Pan ddychwelodd Ben funudau'n ddiweddarach, roedd y masgiau, y teganau, y triciau, yn daclus yn eu lle, ac Anti Gina'n eistedd mewn cadair yng nghornel y stafell, a golwg fel bownsar clwb nos arni. Mae hi mor debyg i Mam, meddyliodd Ben, â'i gwallt du gwallgo a'i llygaid ffyrnig, didrugaredd. Ond roedd hi'n caru Ben, yn caru Ben, fel y carai ei chwaer Ben yn ei thro.

"Sut gysgist di neithiwr, ngwas i?" gofynnodd yn ei llais crebachlyd.

"O, go lew."

"Dw i 'di deud wrtha chdi droeon, mae croeso i chdi aros acw. Does 'na'm rhaid i chdi fynd am adra ar ôl cael dy swpar. Mae hi'n braf cael cwmni rhywun yn y tŷ... yn enwedig... y diawliaid..."

"Diolch, Anti Gina... sori... am..."

"Glywist ti'r *news* bora 'ma?"

"Y... na, y... pam?"

"Mochyn arall 'di gweirio."

"Be?"

"Copar arall 'di cael 'i fwrdro. Maen nhw'n talu, 'ti'n gweld. Talu am y pethau sy 'di digwydd i bobl fath â ni."

"Yndyn," meddai Ben gan wyro'i wyneb tua'r llawr.

"A fedran nhw ddim beio Nick bach fi am neithiwr."

* * *

" 'Sgen ti gariad byth?"

"O, na... ym... wel, fasa Mam, doedd Mam ddim am..."

"Oedd neno'r nefi. Dd'udodd Carol wrtha i droeon y basa hi'n lecio dy weld ti efo rhyw lefran bach ddel ar dy fraich."

"Nac oedd," chwarddodd Ben yn nerfus.

"Roeddan ni'n chwiorydd, ngwas i. Chwiorydd yn rhannu pob dim. Wyt ti 'di cymryd ffansi at rywun?" holodd Gina Davies, gan gladdu sosej seimllyd rhwng ei dannedd.

Eisteddai Ben Parry a'i fodryb Gina mewn caffi oedd ar draws y lôn i'r siop â'r enw llawn dychymyg, Joke Shop, lle y gweithiai Ben deirgwaith yr wythnos. Roedd o'n pigo ar frechdan wy, tra llowciai Anti Gina blataid o sglodion, sosej a phys.

"Faint o'r gloch ydi hi?" holodd Ben yn nerfus, gan edrych dros ei ysgwydd drwy ffenest y caffi tua'r siop.

"Chwarter i ddau. Gen ti faint fynni di o amser. Ty'd. Deuda."

"Deud be, Anti Gina?"

"Pwy 'ti'n ffansïo? Fasa dy fam wrth ei bodd tasat ti'n cael cariad. A finna hefyd. Wrth fy modd. Deuda wrth dy Anti Gina."

"Wel, mae merch Mr Asif..."

"Be?" ebychodd Gina, gan ollwng ei chyllell ar y plât.

"Mae hi'n hogan iawn. Mae hi'n sgwrsio efo fi. Fwy na 'neith lot o genod."

"I ddechrau, dwyt ti'm isio potsian efo hogan dy fòs; ac yn bwysicach fyth, dwyt ti ddim am gyboli efo Paci."

"Paci? Tydi hi ddim yn... mae hi 'di'i geni a'i magu yma, Anti Gina. Mae hi'n siarad Cymraeg gystal â finna."

"Paci. Dwyt ti'm isio cyboli efo pobl ddu. Pobl fudur," ysgyrnygodd Gina, a strimyn o saim yn diferu o gornel ei cheg a syrthio ar y bwrdd. Rhwbiodd ben ei bys yn y saim, a'i lyfu'n lân. "Pwy arall? Faint fynni di yn dre 'ma."

"Does gan neb ddiddordeb yndda i, Anti Gina."

"Paid â malu cachu, reit. Dw i'm yn mynd i edrach ar d'ôl di am weddill 'yn oes, ydi hynna'n glir?" Dowciodd Gina ddarn o fara yn y saim a nofiai ar y plât.

"Be dw i i fod i 'neud?"

Rhythodd ei fodryb arno. "Jyst gofyn iddi."

"Mae 'na hogan yn y fynwent."

"O'n i'n bwriadu i chdi ffendio rhywun oedd yn dal yn fyw," meddai Gina.

"Mae hi'n dŵad yno'n amal. Fath â fi. I weld rhywun."

"Ewadd, wyt ti wedi cymryd ffansi at rywun. O 'na fo."

" 'Na fo, be? Be 'dach chi'n 'feddwl? Be 'na i?"

"Uffar o ots gen i, Ben. Jyst gneud yn siŵr nad oeddat ti'n bwff o'n i."

* * *

Ar ôl i'r "dyn" droi cefn arnyn nhw ugain mlynedd yn ôl, a Ben ond yn ddeg oed, roedd Mam wedi gaddo mai "jyst chdi a fi" fyddai hi o hynny allan – fo a Mam yn erbyn y byd. Ond dros y blynyddoedd roedd hi wedi dod â dynion yn ôl i'r tŷ. Ac wedi mynd i fyny'r grisiau. Ac wedi gwneud sŵn. Wrth iddo fynd yn hŷn, deallodd Ben yn union pam y bu Mam yn gweiddi a thuchan. Ac roedd yn gas ganddo'r syniad. Roedd yn gas ganddo'r dynion. Ond am un.

Fel arfer, roeddan nhw'n sleifio i lawr o'r llofft a'u hwynebau'n goch ac yn chwyslyd, a'u dillad wedi eu datod yn flêr. A heb na siw na miw, llithrent drwy'r drws ffrynt. Ond roedd Victor yn wahanol. Tua thair ar ddeg oed oedd Ben pan ddaeth Victor draw am y tro cyntaf. Gwrandawodd y bachgen ar yr ochneidio a'r rhegu a ddeuai o'r llofft, y geiriau budr a gwichian y gwely. Daeth Victor i lawr y grisiau, fel y gweddill; ond yn hytrach na cherddded allan yn swil daeth i eistedd wrth ymyl Ben a oedd yn gwylio'r teledu ar y pryd. Roedd Victor wedi edrych arno, a chynnig ei law.

"Victor," meddai Victor, "be 'di d'enw di?"

Roedd Ben wedi ysgwyd llaw'r dieithryn. "Benjamin Parry."

"Sut wyt ti, Benjamin Parry?"

Roedd Victor yn hen, yn ei chwedegau, a chwmwl blewog o wallt gwyn ar ei ben. Offeiriad oedd o, meddai, wedi methu'n lân ag ymwrthod â themtasiynau'r cnawd, ac wedi ei erlid o'r Eglwys.

"Ond does 'na ddim o'i le ar Dduw, Ben, cofia di hynny. Does 'na ddim o'i le efo'r ysgrythurau. Y bobl sy'n *hawlio'r* ysgrythurau, y nhw sydd ar fai. Y bobl sy'n deud wrthan ni sut y dylian ni fyw, ac yn rhagrithio'n ddyddiol. Cofia di, Ben, mae dy fam di'n ddynes dda. Mae hi'n fam dda. Mae hi'n gneud y petha mae hi'n 'neud er dy fwyn di. Fedar neb 'i beio hi am hynny, na fedran?"

Ysgydwodd Ben ei ben. "Na fedran."

Arferai Victor ddyfynnu o'r Beibl. "Unwaith eto gwelais y gwagedd sydd dan yr haul: dyn unig heb fod ganddo na chyfaill, na mab, na brawd," datganai Victor. "O Lyfr y Pregethwr, Ben, llyfr da. Ac felly dw i'n teimlo.

Dyn heb ddim. Ond mae dy fam yn cynnig rhwbath i mi, 'ti'n gweld. Cysur i ddyn heb ddim. Paid byth ag anghofio hynny. Mae dy fam yn ddynas dda."

Bu Victor yn ymweld â Mam am bron ddwy flynedd. Ac yna diflannodd heb sôn gair. Er cymaint y byddai Ben yn mwynhau bod yng nghwmni ei fam...

Jyst chdi a fi. Jyst chdi a fi.

...roedd ymweliadau Victor yn ysgafnhau diflastod ei fywyd. Roedd Mam yn ddynas dda; roedd Victor yn ddyn da. Ac fel holl bobl dda'r ddaear, roedd 'na awdurdodau tywyll yn cynllwynio yn eu herbyn.

Pan syrthiodd y *Gazette* drwy'r blwch llythyrau'r wythnos honno, ryw chwe mis wedi diflaniad y cyn-offeiriad, bu'n rhaid i Ben losgi'r papur newydd. Yn rhannol er mwyn puro'r anwiredd; yn rhannol er mwyn amddiffyn ei fam.

'Shamed priest found hanged in prison cell.'

Dyna'r pennawd a sgrechiai arno, yn ei herio, yn ei erlid. Ac o dan y geiriau tanboeth, hanes Victor Evans, chwe deg a phump oed, a gafwyd yn farw yn ei gell ar ôl i reithgor ei gael yn euog o dreisio merch ddwy ar bymtheg oed. Ac o ddrwg i waeth... Erlidiwyd Victor druan o'i eglwys oherwydd i wraig honni iddo ymosod arni. Celwydd, celwydd, celwydd, rhuai meddwl Ben wrth iddo roi'r papur ar dân.

Ac roeddan nhw hyd heddiw'n dweud celwyddau. Celwydd am Nick, celwydd am Victor, a chelwydd am ei fam.

* * *

"Be 'nei di heno, boi?" holodd Gina Davies wrth wthio'r bocsys *pizza* i'r fasged sbwriel orlawn.

"Faint o'r gloch ydi hi, Anti Gina?"

"Tynnu am wyth."

"A' i i weld Mam."

"Dyna chdi. Mae hi'n piso bwrw, cofia. Paid ag aros yn rhy hir rhag i chdi ddal annwyd."

"Anti Gina?"

"Ia."

"Ga i fenthyg y bag chwaraeon du."

Trodd Gina i'w wynebu. "I be t'isio hwnnw eto? Nick bia fo."

"Wel... ym... dw i'n cario... blodau i Mam ynddo fo."

"Blodau?"

"Ia. Mae pobl, wel, pobl, yn meddwl bo' fi'n... 'dach chi'n gwbod, yn, wel, od os liciwch chi, yn cario blodau. Dw i'n 'u cuddiad nhw yn y bag."

13/ Bag du

PENLINIAI HARRI yn y glaw. Caeodd ei llygaid a gadael i'r storm dywallt. "Nid fo, Dad. Nid Nick Davies, a saethodd Jack, a laddodd Don Morris. Ro'n i'n gweddïo mai fo oedd yn gyfrifol; wel, rhyw fath o weddïo Mi wyddoch chi sut berthynas s'gen i efo Duw." Edrychodd o gwmpas y fynwent. Roedd hi'n ddiffeithwch; dim ond hi a'r meirw a'r nos a'r glaw. Trodd ei sylw drachefn at orffwysfa'i thad, a nofiodd ei llaw ar draws y cerrig mân ar y bedd. "O leia' dw i'n gwbod pwy sy'n gyfrifol am hyn. O leia' fe fydd o'n diodde poen eto – ac am fwy o amser y tro yma, dw i'n gaddo."

Oedd, roedd hi'n gwybod, ond doedd hynny'n gysur yn y byd. Doedd y ffaith fod Nick Davies yn wynebu blynyddoedd hir mewn cell am ladrad arfog ddim yn lliniaru'r briw. Ond be am Diane Morris? Be am deulu mawr Jack Lloyd? Roeddan nhw yn ddyfnach yn y fagddu, yn ymbalfalu yn y düwch, yn chwilio am reswm, am ateb.

"Ym... helô."

Trodd Harri a gweld dyn bach yn sefyll rhyw bum llath y tu cefn iddi a'r glaw yn tywallt oddi arno. Cariai fag du yn ei law dde.

"Haia," meddai. "Be ti'n 'neud?"

"O, y... y... y... sori, sori," ymbalfalodd y dyn gan ryw hanner troi i fynd. "Do'n i'm... do'n i'm yn bwriadu'ch... bwriadu'ch dychryn chi."

"Na, na," meddai Harri gan godi ar ei thraed. " 'Nest ti ddim."

Stopiodd y dyn a throi eto i'w hwynebu. Gwenodd yn swil, gan chwythu dŵr y glaw o'i wefusau.

"Tywydd."

"Ofnadwy," meddai'r dieithryn. "Fath â'r dilyw."

"Y byd yn dod i ben," gwenodd Harri.

Chwarddodd y dyn yn ysgafn.

Cododd Harri ei hysgwyddau. "Fedra i dy helpu di?" Edrychodd o'i chwmpas. Neb. Os oedd hwn yn bwriadu drwg iddi, roedd hi'n barod. Gwelodd o'i gorff, o'i natur, mai dyn tila ydoedd, a doedd ganddi fawr o'i ofn. Dinoethi ei hun yn y fynwent, siŵr o fod, meddyliodd. Tyd 'laen ta, washi. Jyst tria dy lwc.

"Ym, mae Mam 'di 'i chladdu yn fan 'cw," meddai'r dyn, gan gyfeirio at fedd rai llathenni i ffwrdd. "A dw i 'di'ch gweld chi yma droeon, pan dw i'n dŵad i weld Mam, a rhyw feddwl... pwy oeddach chi."

Ymlaciodd Harri ryw gymaint. Brwsiodd ei gwallt gwlyb yn ôl o'i hwyneb. "Harri Morgan," meddai, gan gynnig ei llaw.

Aeth rhyw fflach drwy lygaid y dyn, ond yna gwenodd eto. "O, reit, ia, helô," ffwndrodd a phlygu 'mlaen i ysgwyd ei llaw. "Benjamin Parry." Roedd ei law yn oer, yn wlyb, yn llipa. "Pwy... s'gynnoch chi?"

Trodd Harri i edrych ar garreg fedd farmor Robert Morgan. "Dad," meddai. "Fuo fo farw chwe mlynadd yn ôl." Brathodd ei gwefus. "Strôc."

"O, ddrwg gen i, ddrwg iawn," meddai Benjamin Parry.

"Be am dy fam? Pryd fuo hi...? "

" 'Chydig wythnosau'n ôl," meddai Benjamin a'i lygaid

yn crwydro tuag at fedd Carol Parry. “Trawiad ar y galon.”

“Ddrwg gen i… ”

“Hen bobl greulon,” meddai Ben yn sydyn a dagrau yn treiddio trwy’r glaw ar ei wyneb.

“Be?”

“Cas a chreulon, yn pigo arni hi, ’i dychryn hi… o, sori, ddrwg gen i… dydach chi ddim yn un ohonyn nhw, nac ’dach?”

Aeth rhyw iâs drwy Harri gan gychwyn yng ngwaelodion ei stumog a chripian yn slei i fyny asgwrn ei chefn. “Un… o bwy, Ben?”

“Yr awdurodau, y polîs…” Daliodd Harri ei gwynt. Gwasgodd ei dwylo’n ddyrnau. Tynhaodd ei chyhyrau fel gwifrau trydan. Medrai deimlo’r gwendid yn ei choesau, y glöyn byw yn ei stumog. “… jyst yn pigo arni hi. Deud ’i bod hi’n dwyn. Dynas dda oedd Mam,” meddai, ac yna trodd i wynebu Harri a llithrodd y tristwch o’i wyneb fel masg. “O, sori, sori am gwyno. Mae gen i rwbath i chi… ym… Harri.” Plygodd yn ei gwrcwd a rhoi ei law yn y bag.

Dechreuodd Harri lusgo’i thraed o ochr i ochr, nes iddyn nhw slwj-slwjian trwy’r tir gwlyb. Agorodd ei llygaid led y pen, gwasgodd ei gên ynghau.

Tyrchodd Benjamin Parry yn y bag…

… am y gwn a laddodd Jack Lloyd…

Rhed, Harri’r hen hogan.

… am y morthwyl a faluriodd benglog Don Morris.

Na, dos amdano fo.

“Be s’gen ti yn y bag?” gofynnodd Harri mewn llais llyfn fel pren mesur. “Tynna dy law o’r bag. Paid. Be s’gen ti yn y bag?”

14/ Cynllwynio

—*i*—

DOEDD NICK DAVIES ddim am wynebu cyfnod hir yn y carchar. Roedd saith mlynedd yn fwy na digon; ond byddai'n wynebu andros o ddedfryd yn sgil yr hyn a ddigwyddodd yn ddiweddar. Pe bai gynno fo'r amynedd i aros rhyw fis, neu ddau, neu chwech, neu flwyddyn. Ond na, pythefnos wedi ei ryddhau, roedd Nick yn ôl â gwn yn ei law a masg o'r siop dwll tin lle gweithiai ei bwfftar o gefnder am ei wyneb.

Roedd Beni boi yn codi cyfog ar Nick. Cachwr bach tila. Cadach llestri. A homo siŵr o fod. Welodd Nick erioed Ben yng nghwmni merch. Roedd y llo'n toddi pan fyddai 'na hogan handi'n dod o fewn hanner milltir iddo fo. Taswn i'n fo, taswn i'n rhydd, faswn i'n ffwcio bob nos, meddyliodd. Ac roedd Nick yn colli hynny; bu'n rhaid diodde heb ddim am flynyddoedd. A rŵan…

Blydi hel! Neidiodd ar ei eistedd yn y gell yng nghrombil gorsaf yr heddlu. Fory byddai'n cael ei gludo i garchar Walton, lle y byddai'n aros hyd ddyddiad ei wrandawiad nesaf o fewn pythefnos. Diawliaid oedd yr ynadon yn gwrthod rhoi *bail* iddo fo. Edrychodd o'i gwmpas, ar y waliau llwyd, ar y graffiti. Aeth i'w boced ac estyn yr amlen frown, yn blygiadau i gyd. "Darllen di hwnna pan gei di gyfle," roedd hi wedi dweud.

Adeg gwell na'r un, meddyliodd. Ond na! Y tu allan roedd y glaw yn syrthio, yn drwm erbyn hyn, yn drymio ar y ddaear. Ac roedd y sŵn yn ei fyddaru. Nid oedd gobaith iddo ganolbwyntio ar y geiriau a'r fath stŵr yn ei glustiau. Roedd o'n ei chael hi'n anodd darllen ar y gorau, ond heno...

Glaw, glaw, blydi glaw. Gas ganddo law.

Ac roedd ganddo bethau pwysicach i'w cysidro na geiriau ar bapur. Crafodd ei dalcen efo'i ddwylo. Tyd 'laen, Nick, meddylia myn uffar i. Sut wyt ti am gael dy draed yn rhydd? Deud dy fod ti'n wallgo? Na, blydi Broadmoor wedyn, siŵr o fod, efo'r nytars go iawn. Dengid? Dechreuodd grafu'r llawr concrid â sawdl traed ei sanau.

"HA!" chwarddodd. "Mae angen JCB i dwnelu o'r uffar yma."

Gorweddodd drachefn ar ei fatras a rhoi'r amlen ym mhoced ei grys. Na, doedd Nick yn dda i ddim am ddefnyddio'i ben. " 'Sgen ti'm *byd* yn dy ben." Dyna roedd Wilias Maths wedi'i ddeud wrtho fo yn yr ysgol. Dyna pam y rhoddodd o lygad ddu i Wilias Maths. Bai Wilias Maths am herio hogyn tair ar ddeg oed, am fod yn fwli. Nick a gafodd y bai, wrth gwrs, fel pob tro arall. *"You're expelled, boy!"* rhuodd Thomson y prifathro. Ond daeth ei fam i achub y dydd – wel, i *drio* achub y dydd. Uffar o ffrae yn y cyntedd efo Thomson, rhegu'r diawl, ei alw fo'n ffycin hyn a ffycin llall a *"fucking leave my little boy alone you fucking pervert!"* Ddaru hynny fawr o les i'w achos o.

Roedd Mam wedi bod yma hefyd, yn rhoi llond ceg i'r copars. Deud be oedd be wrth ryw flondan bach oedd ynv rhy dwp i fod yn *secretary*, meddai Mam.

Bechod na fasa Nick wedi cael gafael ar y blondan; mi fasa fo'n dangos iddi be oedd be. Bechod na fasa Mam yma i helpu. Ei helpu o i feddwl. Ei helpu o i fynd yn rhydd er mwyn iddo fo gael mynd o gwmpas ei bethau eto. A'r tro nesa... mi fyddai Nick Davies yn gwneud i'r boi 'ma a laddodd y ddau gopar edrych fath â... fath â cadach gwlanan. Fath â Ben, meddyliodd.

—ii—

Syllodd ar y llun yn y gegin, y hi a Joel ar eu gwyliau, yn wên o glust i glust, yn byw mewn cyfnod o haul.

Welodd hi'r un haul ers tro byd.

Edrychodd ar y cloc. Bron yn naw, a Joel o hyd wrth ei waith. Teimlodd mai hi oedd ar fai am hyn i gyd, hi'n gwrthod wynebu y byddai disgwyl iddo fo dreulio oriau hir oddi cartre yn ystod ymchwiliad o'r fath. Ond doedd hyn ond yn do ar ben ei holl boen a'i blinder... Pe bai hi ond yn medru rhannu... Doedd hi ddim am weld diwedd ar eu perthynas, ond byddai pob gobaith o achub eu carwriaeth wedi ei falurio oni bai i un o'r ddau wneud ymdrech.

A dyma'r unig ffordd. Gadael. Ei orfodi i wynebu ffeithiau moel; ei orfodi i frwydro – fel yr oedd hi'n barod i frwydro – i sicrhau dyfodol efo'i gilydd. Ac wedyn, yng nghanol y frwydr honno, datgelu, rhannu, ymwroli, herio'r anochel a gweld sut y byddai'r dyn yn ymateb. Sut y byddai'n delio efo gweld y freuddwyd yno o fewn cyrraedd...

Dilynodd ei bys dros y llun o Joel. Pam roedd hi fel hyn? Mi ddylai wybod yn well. Roedd rheswm yn dweud na ddylai'r un peth ddigwydd eto. A hyd yn oed pe bai'n digwydd (Duw a'n gwaredo rhag y fath beth), byddai Joel yn siŵr o fod yn graig iddi. Pe bai hi ond yn credu hynny. Rhwygodd y llun i lawr. Ystyriodd ei roi yn ei phoced, ond yna fe'i taflodd ar fwrdd y gegin.

Cydiodd yn y ces a'i lusgo i'r stafell fyw. Stopiodd a syrthio ar ei heistedd i foethusrwydd y soffa. Syllodd ar y silff ben tân. Ystyriodd y darn papur a orweddai yno. Dyna fo – y ddedfryd. Bu ond y dim iddi rwygo'r nodyn ac anghofio'r cwbl, agor potel o win a meddwi'n rhacs. (Anghyfrifol dan yr amgylchiadau, meddyliodd.)

Ia, dyna chdi, Daron Griffith, rho'r ffidil yn y to; gad i ni bydru. Gwyddai am yr awydd yng nghalon Joel; gwyddai am yr ysfa oedd arno i fod yn dad. Credai Daron i hedyn yr awydd hwnnw ddatblygu yn ystod ei briodas. Druan o Ann, meddyliodd y doctor. Druan ohona i. Cododd ar ei thraed. Tyrchodd yn ei bag llaw. Ticed awyren. Wythnos yn yr haul.

Haul unwaith eto...

Dychwelodd y ticed i'r bag a sicrhau bod goriad drws ffrynt cartref ei rhieni yno. Bwriadai aros yno heno, cyn cychwyn am Fanceinion y bore canlynol. "Busnes," dywedasai wrth ei mam. "Cynhadledd Ewropeaidd." Ia, ia, 'mechan i. Cydiodd yn y ces. Syllodd am eiliad ar gasgliad helaeth Joel o recordiau'r Blws.

... neu law o hyd.

15/ Y tri yn un

GLAWIODD Y DYRNAU ARNO. Taranodd ei chyhuddiadau yn ei glustiau. Aeth poen fel mellt drwyddo wrth iddi ei daro a'i daro eto.

"BLYDI FFŴL BACH GWIRION DA I DDIM!" sgrechodd Gina Davies yn gynddeiriog. "BE WYT TI 'DI 'NEUD Y CACHWR BACH? Y PWFFTAR BLYDI DA I DDIM!"

Roedd Ben wedi ei rowlio'i hun yn belen yng nghornel y stafell fyw yng nghartre ei fodryb.

"Plis na, Anti Gina! Peidiwch â'n hitio fi! Mae o'n brifo!" swniai, fel babi, wrth iddi daflu'r dyrnau ato fel tyrfa'n taflu cerrig at ferthyr.

Yn sydyn, aeth Gina'n llipa, a syrthio'n ôl ar y soffa lychlyd.

Meiddiodd Ben syllu trwy darian ei freichiau. Roedd hi'n eistedd yno, yn anadlu'n drwm fel rhedwr oedd newydd groesi'r llinell ar ddiwedd y marathon. "Sori, Anti Gina," meddai'n ddagreuol.

Cafodd Gina ail wynt. "BLYDI FFŴL BACH! FFYCIN BABI MAM DIAWL!" rhuodd wrth fwrw cawod newydd o ddyrnau dros ei nai drachefn. Wedi pwl o daro, pylodd. Ac eisteddodd yn ei hôl unwaith yn rhagor.

"Do'n i'm yn bwriadu'i dychryn hi. Do'n i'm yn gwbod mai ditectif oedd hi; doedd hi ddim yn edrach fath â ditectif. Dim ond am roid blodau iddi o'n i," meddai Ben yn amddiffynnol. “Ddaru hi drio ’mrifo fi. Trio torri ’mraich i.”

“Mi dorra i dy fraich di os na chaei di dy geg.”

“Ond ’nes i ddengid. Mae hynny’n iawn, yn tydi?”

“Nac ’di’r coc oen tila. Tasa chdi ’di mynd efo hi’n dawel fasa pob dim yn iawn. Fasan nhw ’di gweld pa mor dda i ddim wyt ti ac mi fasan nhw ’di gadael i chdi fynd. Mi fasa hithau ’di gadael i chdi fynd yn y fan a’r lle, siŵr o fod.” Cododd Gina a chythru yng nghlust Ben, a’i lusgo at y teledu.

“AWWWWW!” cwynodd y dyn.

“Yli. Yli ar hwn.” Gollyngodd Gina ei gafael brwnt ar ei glust a rhoi fideo yn y VCR. Pwysodd y botwm chwarae a daeth llun ar y sgrin. Llun o Nick a’i ben o dan flanced (gwyddai Ben mai Nick oedd yno, oherwydd yr holl datŵs ar ei freichiau noeth) a thri ditectif – dau ddyn a hithau – yn ei arwain i gar. Rhewodd Gina’r tâp. “Honna, ia?” gofynnodd gan bwyntio bys at yr hogan o’r fynwent, hogan ddel efo gwallt melyn.

Nodiodd Ben.

“Wyddost ti pwy ’di’r ast fach?”

Ysgydwodd ei ben.

“Ro’n i’n meddwl i mi nabod yr hwran. Es i i weld Nick ar ôl i’r bastards ei arestio fo. A honna... ” Pwyntiodd at y ferch unwaith eto “... ddoth i ’ngweld i. Wyddost ti pwy ydi hi? Ro’n i’n meddwl yn siŵr ’mod i’n nabod y gnawas.” Rhoddodd Gina ei hwyneb o fewn modfeddi i wyneb Ben. “Hogan y mochyn ’na dd’udodd anwiredd wyth mlynedd yn ôl; deud fod Nick fi ’di trio’i ladd o. Hogan hwnnw.” Syrthiodd Gina ar ei phen-ôl a syllu ar y sgrin. “Hogan hwnnw.” Rhoddodd swadan sydyn i Ben.

"Awww," cwynodd.

"Taw â dy grio'r babi," dwrdiodd Gina, gan droi ei sylw drachefn at y llun fideo. "A hwnna," meddai, gan bwyntio at ddyn canol oed a'i wallt wedi ei dorri'n fyr. "*Detective Chief Superintendent* Martin Slater, y bastard ddaru arestio Nick 'radeg honno. A'r ffwcsyn fflashi yna?" meddai Gina gan ddrymio bys ar wallt du'r dyn arall ar y sgrin. "Fo ydi'r Ditectif Inspector Joel Fôn." Safodd Gina a mynd i eistedd ar y soffa. "Y tri," meddai'n fuddugoliaethus. "Dw i'n gwbod pob dim am bob un wan jac. Ble maen nhw'n byw, eu teuluoedd nhw, enwau'u plant nhw, y math o de maen nhw'n ei yfed, seis 'u dillad isa nhw. Pob dim." Gwyrodd yn ei blaen a gwên faleisus ar ei hwyneb. "Ac mae 'na rywun arall yn gwbod hefyd."

"Pwy sy'n gwybod?" gofynnodd Ben yn nerfus.

Eisteddodd Gina yn ei hôl. "Mae un ohonan ni'n siŵr o lwyddo." Neidiodd ar ei thraed. Syllodd ar Ben. "A ni sy'n mynd i drio gynta."

"B... be? T... trio be, Anti Gina?"

Crychodd ei thrwyn a gwenu ar y dyn. "Awn ni i chwilio am dy gariad di, ia?"

16/ Datguddiad

—*i*—

TARANODD Y TIGRA drwy'r glaw, drwy draffig y nos. Gyrrai Joel Fôn fel Jehu, heb ddweud smic wrth Harri Morgan a syllai i'r tywyllwch o sedd y teithiwr.

Ben Parry, dyna oedd ei enw fo. Ben Parry yn ceisio rhoi blodau iddi, a hithau'n ymosod arno gan feddwl y byddai'n gorfod amddiffyn ei hun. Ond nid hynny oedd wedi rhoi meddwl Harri ar waith; atgasedd Ben Parry tuag at yr heddlu oedd wedi gweld y sarjant yn rhuthro'n ôl i'r orsaf ac ail-fyw'r hyn a ddigwyddodd yn y fynwent yn swyddfa Joel.

"Parry," meddai'r inspector wrth y cwnstabl ifanc a eisteddai o flaen y cyfrifiadur. "Benjamin." Dechreuodd y cwnstabl ifanc ei siwrnai drwy rwydwaith gyfrifiadurol yr NIS, y *National Identification Service*, y llyfrgell o wybodaeth sy'n cynnwys manylion am bawb a gyhuddwyd o unrhyw drosedd. Dim byd.

"Dim byd," meddai'r cwnstabl ifanc.

"Carol. Tria Carol Parry," meddai Harri a oedd, yn sgil y digwyddiad yn y fynwent, wedi bod yn bwrw golwg ar y garreg fedd oedd mor bwysig i Ben. Syllai'r sarjant dros ysgwydd y cwnstabl ifanc wrth i'r cyfrifiadur dyrchu am yr wybodaeth. Rhewodd y sgrin.

"Dyna'r unig Parry sydd yn yr ardal yma," meddai'r

ferch o flaen y sgrin gan droi at Harri, ac yna at Joel.

"Carol Parry," meddai Joel gan ddarllen y sgrin. "Twyll, dwyn, ABH, blydi hel."

"Dyna hi," meddai Harri. "Hi 'di mam Ben Parry. Dyna'r enw ar y garreg fedd."

"Cyfeiriad?" gofynnodd Joel.

Pwysodd y cwnstabl ifanc y botwm 'PRINT' ar allweddell ei chyfrifiadur, a phoerwyd darn papur o'r peiriant. Rhwygodd Joel y papur yn rhydd, a brysio o'r stafell a Harri wrth ei gynffon.

Gyrrodd Joel y Tigra'n ara deg ar hyd y lôn a arweiniai i'r stad gyngor. Chwiliodd am y rhif. Edrychodd yn y drych; a gwelodd y car plismon yn ei ddilyn.

"Dyna fo," meddai Harri'n sydyn, gan bwyntio at un o'r tai.

Stopiodd Joel y car gyferbyn â'r tŷ a chamodd i'r tywydd garw. Lapiodd y gôt law amdano. "Blydi hel," rhegodd wrth i'r nefoedd biso arno'n ddidrugaredd.

Neidiodd Harri o ochr y teithiwr, gan anwybyddu'r drochfa a gafodd. Un peth yn unig oedd ar feddwl y sarjant, a dechreuodd groesi'r ffordd.

"Aros," gwaeddodd Joel drwy sŵn y glaw. Ystumiodd tuag at y car plismon a barciodd y tu cefn i'r Tigra. Camodd y ddau heddwas o'r cerbyd. "Iawn?"

Nodiodd y ddau blismon, a chroesodd y pedwar tuag at gartref Ben Parry a'r ddiweddar Carol Parry.

—ii—

Ni fedrai Nick Davies gysgu. Roedd o'n troi a throsi ar y gwely bychan yn y gell. Bu'n meddwl yn galed, ond ni ddaeth syniad gwerth ei ystyried. Gwrandawodd ar y glaw.

Syllodd drwy'r düwch. Ond ni ddaeth yr un fflach o ysbrydoliaeth iddo. "Dydw i *ddim* yn treulio cyfnod arall yn y jêl," meddai wrtho'i hun. "Ddim, ddim, ddim."

Daliodd ei law o flaen ei lygaid. Roedd o'n gweld ffurf ei fysedd wrth i'w olwg ymdopi efo'r tywyllwch. A dweud y gwir doedd hi ddim mor dywyll â hynny yn y gell; roedd 'na strimyn o oleuni yn treiddio trwy'r hollt yn y drws. Ella y dyliwn i godi a chwyno wrth y sarjant? meddyliodd. Diawliaid yn 'y nghadw fi yn effro. Gwasgodd ei law yn ddwrn, ysgyrnygodd, dychmygodd wyneb rhyw gopar o flaen ei drwyn, a'i ddwrn yn hyrddio i'r cnawd meddal a hwnnw'n ffrwydro fel tomato – coch ym mhobman.

Eisteddodd i fyny. Crafodd ei dalcen efo'i ddwylo. Roedd Nick Davies wedi diflasu; ac fel arfer, pan fyddai Nick Davies wedi diflasu byddai'n gwneud direidi. Ond anodd iawn oedd creu 'myrraeth o fewn ciwb llwyd o gell.

Aeth i'w boced ac estyn yr amlen frown. Rhwygodd y papur ar agor, a thynnu'r llythyr allan o'r gweddillion. Be s'gen Mam i ddeud? meddyliodd. Dechreuodd ddarllen y llythrennau oedd wedi eu printio'n fawr ac yn ddu ar y papur i alluogi ei mab i'w deall. Gwyddai Gina Davies nad oedd yn un o'r goreuon am ddarllen, ond bai yr ysgol oedd hynny am ei anwybyddu. Daeth gwên i wyneb Nick wrth iddo ddarllen yn y golau bregus. Un dda oedd Mam. Un drylwyr. Un weithgar. "Darfod di bethau, Nick bach," meddai Gina yn ei llythyr. "Dyma lle maen nhw'n byw; dyma pwy maen nhw'n 'garu. Darfod di bethau os fedri di."

"Maaaaaaaam!" udodd, a gorwedd ar ei wely.

—iii—

Cnociodd Harri ar ddrws ffrynt y tŷ, a gweiddi yn erbyn y glaw. "Ben! Ben!" Roedd y tŷ yn dywyll; un ai doedd neb i mewn neu roedd Ben yn ei wely yn cuddiad. "Ben! Ben! Agor y drws! Harri sy 'ma! O'r fynwent heno! Isio siarad! Deud sori!" Cnociodd a chnociodd hyd nes i'w dwrn gleisio.

"Ewch chi'ch dau i gael golwg rownd y cefn," meddai Joel wrth y ddau blismon. Diflannodd y ddau rownd y gornel. "Tria eto."

"Ben! Ateb y drws!"

Ond doedd 'na neb yno i ateb y drws.

"Chwilio am Ben Parry 'dach chi?"

Trodd Harri a Joel i gyfeiriad y llais.

Safai dyn oedrannus yn ei byjamas yn nrws y tŷ drws nesaf. Roedd ganddo sach blastig ddu yn ei law, a gosododd y bag sbwriel ar ei stepan i'r dynion bin gael ei gasglu'r bore wedyn. "Tywydd mawr," meddai'r dyn.

Camodd Joel dros ffens isel a oedd yn gwahanu'r ddau dŷ, a dangos ei gerdyn i'r cymydog.

"Polîs? Be mae Ben druan 'di 'neud felly?"

"Dim byd o gwbl. Am gael sgwrs efo fo 'dan ni," meddai Joel. "Wyddoch chi ble mae o?"

"Ei fam o'n un ddrwg. Dynas ddrwg. Doedd Ben druan ddim callach wrth gwrs. Diniwed, 'chi."

"Wyddoch chi lle medrwn ni ddŵad o hyd iddo fo?"

"Mae o'n treulio lot fawr o amser efo'i fodryb ers i'w fam o farw."

"Efo'i fodryb?"

"Ia, Gina."

"Gina?" meddai Harri o gysgod drws ffrynt Ben Parry.

"Ia, Gina Davies. Ydach chi'n 'i nabod hi?" gofynnodd y dyn.

Sylwodd Joel o'i llygaid llonydd fod meddyliau ei sarjant wedi ymadael â'r byd yma o law a dryswch.

"Mae pob llwybr yn arwain ato fo," meddai'n ddirgel.

"At bwy?" gofynnodd Joel. Daeth Harri ati hi ei hun, a dechrau brasgamu tua'r Tigra. "Harri? At bwy?" galwodd Joel ar ei hôl. "Diolch i chi, syr," meddai wrth y cymydog, a throtian ar ôl y sarjant.

Trodd Harri i'w wynebu. "Gina Davies," meddai. "Wyddost ti pwy ydi hogyn bach Gina Davies?"

17/ Ym mherfedd y nos

PRIN Y MEDRAI BEN weld trwy ffenest y car. Roedd y glaw yn syrthio'n drwm, yn rat-tat-tatian ar y cerbyd fel traed mil o lygod. Llifai'r dŵr yn donnau dros y gwydr. Dim ond goleuadau oren y lampau stryd a welai, a'r rheini ond fel strempiau o inc ar gynfas ddu. "Chawn ni ddim mynd adra?" gofynnodd yn dila.

Rhythodd Gina Davies arno o sedd dreifar y Ford Escort. "Dwyt ti ddim yn difaru, gobeithio?" meddai a rhyw dinc o sarhad yn ei llais.

"Di... difaru? Difaru be, Anti Gina?"

Rhoddodd gefn llaw iddo, a'i daro ar ei drwyn. Aeth y boen drwy'i ben fel sioc drydan, ac fe'i dallwyd am eiliad. Cuddiodd ei wyneb yn ei ddwylo, a phenderfynu peidio â gofyn pam y dewisodd ei fodryb ei daro.

"Dy fai di ydi hyn, Ben. Am ddangos dy liwiau i'r gont dditectif 'na," meddai Gina, gan syllu tua'r fflatiau. Dilynodd Ben ei hedrychiad, ond ni fedrai weld trwy'r dilyw. 'Sgwn i a oes gan Anti Gina ryw allu i weld ym mherfedd y nos? meddyliodd. "Tasat ti heb ddeud wrthi hi am Carol, am dy fam," dwrdiodd Gina, "tasat ti heb adael i dy goc di ennill y dydd, heb fynnu gneud peth mor ddwl a rhoid blodau i'r gnawas." Trodd i edrych ar Ben a'i llygaid yn filain, a'r poer yn glafoerio o gorneli ei gwefusau. "Tasat ti heb redag."

"Roedd gen i ofn."

Edrychodd Gina drwy'r ffenest drachefn. "Lwcus ar y naw 'mod i o gwmpas 'y mhethau. Lwcus bod Nick a finnau wedi bod dan y lach gymaint nes i ni arfer â'u ciamocs nhw. Bendant i chdi, roedd yr ast fach flond a'i ffwcsyn fflash o inspector yn malu dy ddrws di heno ar ôl iddyn nhw fwydo dy enw di i'r compiwtar a dŵad o hyd i enw dy fam. A faint fydd hi nes i'r diawliaid ffendio mai fi 'di dy fodryb di, mai Nick 'di dy gefnder di?"

"Ond... ond be sy o'i le efo hynny?"

Edrychodd arno eto, yn fwy tyner y tro hwn. Cydiodd yn ei drwyn poenus a'i wasgu. Gwingodd Ben; roedd ei benglog fel pe bai'n chwyddo a'i ymennydd ar fin ffrwydro. "Fan 'ma mae'r hogan ffansi 'na'n byw. Y flondan fach hwrllyd a steddodd yn y llys flynyddoedd yn ôl yn gwatsiad wrth iddyn nhw ddanfon 'yn hogyn bach i i'r jêl. Ond ro'n i'n fodlon madda jyst am hynny – fydda Nick yn rhydd, yn bydda?" Gollyngodd Gina drwyn Ben. "Dw i'n disgwl diolch am 'neud hyn 'sti; am bob dim dw i 'di 'neud; am setlo cownt."

"Diolch? P... pam?"

"Er dy fwyn di dw i'n gneud hyn. Er mwyn Carol. Ac er mwyn Nick a fi. Er mwyn y teulu."

18/ Gaddo mwy o law...

—*i*—

CYSGODODD HARRI rhag y glaw o dan falconi un o fflatiau'r llawr cyntaf. Rhaid i mi stopio smocio, meddyliodd, wrth anadlu'n drwm ar ôl y ras ganllath o faes parcio'r fflatiau i'r fan lle'r oedd hi'n ymochel ar hyn o bryd. Teimlai ei chalon yn rasio mynd yn ei brest, a'r anadl brwnt wrth iddi dynnu-chwythu-tynnu-chwythu ocsigen i mewn ac allan o'i 'sgyfaint. Byddai'n well ar ôl cael... Tynnodd y paced coch a gwyn o'i phoced a'i agor. Llithrodd y sigarét rhwng ei gwefusau, a'i thanio efo'r Zippo. Dyna welliant.

Smociodd yn y cysgodion, fel pe bai hi yn yr ysgol o hyd, yn cuddio y tu ôl i'r *terrapins*, rhag i lygaid awdurdod ei gweld a'i cheryddu. Ewadd, wyt ti'n andros o hogan ddrwg, Harri Morgan. Taflodd y sigarét i lwybr y glaw, a darfu'r fflam o dan chwip y dyfroedd. Ciledrychodd Harri rownd y gornel; ugain llath. Ysgydwodd ei phen fel cath yn ysgwyd ei chorff ar ôl cyfnod mewn tywydd garw. Neidiodd y dŵr oddi ar ei mwng hir melyn.

Rhedodd a'r glaw yn ei dallu, yn ei hanafu, yn ei herlid. Hyrddiodd y goriad i'r clo, a'i thaflu ei hun i'r cyntedd. Daeth ati hi ei hun cyn pwyso'r côd – C37921 – a gwthio'r ail ddrws yn agored.

Rhewodd. Gwrandawodd wrth i'r ail ddrws wichian

ynghau. Teimlai Harri (ni wyddai pam) fod rhywun yn ei dilyn. Trodd yn ofalus ac edrych dros ei hysgwydd i'r düwch y tu hwnt i'r ddau ddrws. Crynodd wrth i ryddhad ymlid yr amheuaeth ohoni.

Gina Davies a Ben Parry oedd yn ei meddyliau yr eiliad honno. Roedd cartrefi'r ddau'n wag pan gyrhaeddodd Joel a hithau a'r gweddill. Wedi hynny, amharwyd ar noson dawel Mr Asif, perchennog y siop lle y gweithiai Ben Parry. Dan gwyno a swnian fe aeth y dyn busnes â'r ditectifs i'w eiddo yn y dre.

Roedd yno fasgiau, y math o fasgiau a ddefnyddiwyd gan Nick Davies tra oedd yn lladrata. Doedd hynny ddim yn unrhyw sail i gysylltu Ben efo mwrdwr Jack Lloyd a Don Morris, ond roedd o'n ddigon i blannu hedyn amheuaeth ym mhen unrhyw blismon.

A'r bag, be am y bag chwaraeon du? Bag felly a ddefnyddiai Nick yn ystod ei yrfa dorcyfraith aflwyddiannus. Wrth dyrchu yn ei gartre wedi ei arestio, ni ddaethpwyd o hyd i'r eitem. Naddo wrth gwrs; roedd Diane Morris wedi gweld, o'r ffenest ar ben y grisiau, lofrudd ei gŵr yn dengid o'i gardd yn cario bag du; du oedd o yn ei golwg hi, beth bynnag, a hithau'n noson dywyll a'i llygaid hi yn llawn dagrau a'i meddyliau'n driphlithdraphlith.

A be am y gwn? Dyna a ddywedodd Diane Morris iddi ei weld yn llaw'r llofrudd, cyn iddo guro ei gŵr i farwolaeth. Gwn; ond dim sŵn ei danio.

Llusgodd Harri ei hun i fyny'r grisiau i'w fflat. Byddai Ffaro yno'n aros amdani, yn cysgu, mwy na thebyg, ond yn ysu am fynd am dro. O fflat Harri roedd mynedfa i do fflat, rhyw ardd o fath iddi hi a ffens o'i hamgylch (nid ei bod hi'n fawr o arddwr), a byddai Harri'n gadael drws y gegin yn agored er mwyn i Ffaro fedru mynd a dod. Dyna pam y bu'n rhaid iddi dalu mwy na'i chymdogion am y fflat. Byddai unrhyw un a oedd yn ddigon gwirion i fentro lladrata o fflat Harri nid yn unig yn gorfod dringo i'r to fflat a oedd ugain troedfedd o'r llawr a wedyn dros y ffens, ond hefyd yn dod wyneb yn wyneb â bwystfil o gi.

Diolch byth am Ffaro, meddyliodd. Roedd hi'n chwarter wedi dau y bore, ond byddai'n mynd â'r ci am dro drwy'r glaw er mwyn iddo wneud ei fusnes mewn munud, a gwyddai na fyddai yn y gwely cyn tri o'r gloch. Ta waeth; mae rhyw bedair awr o gwsg yn hen ddigon i *party animal* fath â chdi, meddyliodd.

Rhuthrodd y ci mawr i'w chyfeiriad a'i dafod yn hongian o'i geg a'i gynffon yn ysgwyd yn frwd. Neidiodd a gosod ei draed blaen ar ei hysgwyddau, gan gyfarth yn frwdfrydig.

"SHHHH! Lawr! Lawr!" sibrydodd Harri'n gadarn. Rhowliodd y ci ar ei gefn ar lawr. "O babi mam isio cosi bol." Plygodd Harri yn ei chwrcwd a chrafu stumog Ffaro. Meddyliodd iddi glywed sŵn lleisiau yn y pellter, sŵn drws y ffrynt yn agor, sŵn traed ar y grisiau. Ond roedd hi wedi blino. Mwythodd y ci. "Wyt t'isio mynd am dro?" Neidiodd Ffaro ar ei draed, a throi o'i gwmpas yn wyllt wirion. Gwenodd Harri a mynd i nôl ei dennyn.

Daeth cnoc ar y drws. Neidiodd calon Harri. Dechreuodd Ffaro gyfarth.

"Taw," mynnodd Harri, a mynd at y drws. Edrychodd drwy'r twll. Gwelodd wyneb cyfarwydd. Agorodd y drws. "Mr Price?"

Safai Mr Price, un o'i chymdogion, y tu allan i'r drws yn ei fest a'i drowsus a'i wyneb fel eira o wyn, a'i ddwylo yn yr awyr.

Rhuthrodd Ffaro i'w gyfeiriad. Trodd Harri i nadu'r ci. Ond roedd o'n barod i neidio. Teimlodd Harri bwysau'n gwthio yn ei herbyn a Mr Price yn syrthio arni. Daeth â'i dwrn i gysylltiad ag ochor ei ben gan feddwl ei fod yn ymosod arni. Dros ei ysgwydd gwelodd y gwn yn pwyntio i'r fflat.

A Ffaro'n fflio.

—ii—

Roedd llygaid Joel Fôn fel llen theatr, yn ysu am gau ar ddiwedd perfformiad cythryblus. Taflodd ei oriadau ar y bwrdd wrth ymyl y drws lle y gorweddai'r ffôn. Rhoddodd y lamp dal yng nghornel y stafell ymlaen a boddwyd y lolfa mewn golau melyn, gorffwysgar. Syrthiodd ar y soffa, a dechrau llithro i dir cwsg. Gwely, gwely, hen blant bach, meddyliodd, a'i orfodi ei hun i sefyll. Ymystwythodd ac agor ei geg. Yna gorffwysodd ei lygaid ar y darn papur ar y silff ben tân. Daeth gwacter i'w stumog, a dechreuodd ei galon ddrymio'n gyflym. Syllodd ar y darn papur. Gwyddai'n iawn beth oedd ei gynnwys; roedd o'n ormod o ystrydeb i fod yn unrhyw beth ond hynny. Llithrodd o'i gôt law a oedd yn socian wedi'r drochfa. Rhwbiodd ei dalcen efo llewys ei siaced. Ymlwybrodd tua'r silff ben tân a chodi'r nodyn fel pe bai'n ddarn o dystiolaeth werthfawr. Agorodd y darn papur ac anadlu'n ddwfn.

Annwyl Joel,
Dw i wedi trio ddegau o weithiau i sgwennu'r nodyn 'ma, ond does 'na ddim y medra i ei ddeud sy'n swnio'n iawn. Fedra i'm deud wrtha chdi lle dw i, ond dydw i ddim wedi troi 'nghefn arnan NI. Y rheswm pam dw i'n gorfod mynd ydi o'n herwydd NI. Petaswn i heb fynd, fyddai'r lle ddim ar gael i ni feddwl am yr hyn s'gynnon ni efo'n gilydd. A dw i am i ni fod efo'n gilydd, Joel, ond nid fel hyn. Dyna dw i'n mynd i'w wneud: meddwl. Plis, plis gwna ditha'r un peth. Rhaid i ni eistedd i lawr a sgwrsio; mae gen i rywbeth dw i am 'i rannu efo chdi.

Daron x

A sws ar y diwedd! Rhowliodd y llythyr yn belen gron a'i thaflu ar draws y stafell. Medrai ddychmygu'r gwewyr ym meddwl Daron wrth iddi sgwennu; ei dychmygu'n crio wrth i'r geiriau dywallt ar y papur; roeddan nhw'n flêr, yn ddryslyd, yn gawdel o feddyliau ac emosiynau. Ble mae hi? Ble mae hi wedi mynd? At ei rhieni? Na, mi faswn i'n gwbod hynny; mi fasa *hi'n* gwbod y baswn i'n gwbod; ond dybl blyff ella? Na. Eisteddodd ar y soffa a chladdu ei ben yng nghrud ei ddwylo. Blydi ffŵl wyt ti, meddyliodd, ffŵl wyt ti Joel Fôn.

Daron oedd yr un a'i hachubodd o ddiflastod, o'r cwrw, o ddim byd ond gwaith, gwaith, gwaith. Hi roddodd fywyd iddo fo yn sgil yr hyn a ddigwyddasai. Syrthiodd yn ei ôl a phlethodd ei ddwylo drwy'i wallt trwchus, yn creu llanast lle bu trefn, blerwch lle bu cymendod.

Meddyliodd am y botel o win a'i disgwyliai yn yr oergell. Na, nid y llwybr hwnnw eto. Roedd Daron heb roi terfyn ar bethau – dim ond wedi codi llidiart. A medrai'r ddau roi eu pwys ar y llidiart a thrafod yr hyn oedd yn eu rhwygo. Medren siŵr, roedd hi'n awgrymu hynny, 'n doedd? Medren siŵr, roeddan nhw'n aeddfed, yn ddeallus, yn siarad... unwaith.

Dyna ddaru'r ddau y noson gynta, saith mlynedd ynghynt; siarad trwy'r nos fel Elisabeth Shue a Nicolas Cage yn *Leaving Las Vegas*; ac i ddweud y gwir doedd ei gyflwr o ddim yn annhebyg i gyflwr cymeriad Cage yn y ffilm honno. Na, byddai'n gwadu du yn wyn iddo fod yn alcoholig, ond gallai yfed dros Gymru. Yfed i anghofio.

Pedair blynedd wag. Pedair blynedd ers Ann. Pedair blynedd wirion bost yn ei hyrddio'i hunan tua'r dibyn, yn broffesiynol ac yn bersonol.

Caeodd ei lygaid a gweld y llun priodas hwnnw; y dyn ifanc â'r gwallt hir du a'r trowsus llydan; hithau yn ei gwyn a'i gwên. Deunaw oed oedd o'r diwrnod hwnnw a hithau ond ryw ddeufis yn fengach. Ac wyth mlynedd union bron i'r diwrnod hapus hwnnw, roedd y llun wedi ei wyrdroi a'r hapusrwydd yn deilchion.

Beiai ei hun am yr ysgariad. Ni faddeuodd iddo'i hunan am fethu byw gyda'r ffaith na fyddai Ann yn gallu cario plentyn. Cofiodd un eiliad felltigedig pan berswadiodd ei hun mai ei phechod hi oedd hynny. Crinodd wrth gofio hynny rŵan. Roedd Ann ymhell i ffwrdd erbyn heddiw, ac yn hapus, dim diolch iddo fo; roedd yn briod â dyn a oedd yn ei charu *hi* ac nid yr hyn *oedd* hi... "Nid llestr ydw i." Geiriau Daron. Tarodd ei dalcen â chledr ei law i rythm y gorgan yn ei feddwl: ffŵl, ffŵl, ffŵl.

A beth bynnag, meddyliodd gan blygu yn ei flaen a phwyso'i ddwy benelin ar ei ddwy ben-glin, pwy sy angen plant? Dim byd ond trafferth; dim byd ond poen; dim byd ond tristwch. Fe'i cysurodd ei hun drwy feddwl am ei frawd, a'r pryder a achosai hwnnw i'w mam. A dw inna fawr gwell. Euogrwydd rŵan, yn ogof dywyll yn ei frest: "Dw i'n gwbod lle'r wyt ti," meddai, a gwên ddireidus ei frawd yn ei feddwl. "Dad a finnau; a rydan ni'n gadael i Mam fyw ei breuddwyd, fyw ei hunllef, yn chwilio amdana chdi'r diawl, gan wybod y byddai'r gwir yn ei brifo hi'n ganmil gwaeth."

Hy! Teuluoedd. Pwy sy eu hangen nhw?

19/ ... a hwnnw'n law fel na welwyd

—*i*—

GWYRODD GINA DAVIES i osgoi'r bwystfil, a gwyliodd wrth i'r corff mawr du hedfan drosti. Clywodd sgrech Ben y tu cefn iddi wrth i'r ci ei daro, ond nid arhosodd i weld y difrod. Fe'i taflodd ei hun i mewn i'r fflat a chau'r drws yn glep, gan bwyso arno fel pe bai hi'n meddwl y byddai'r anifail yn ei hyrddio yn agored ac yn ymosod arni.

"ANTI GINA!" gwaeddodd Ben o'r tu allan a chlywyd ei ymbil yn gymysg â chwyrnu bytheiriol yr anghenfil oedd yn ymosod arno.

Anghofiodd amdano, a syllu ar y twmpath cyrff. Roedd y dyn tew ar ben y gnawas o gopar. Stryffaglodd y ddau. Gwthiodd y ferch y boliog oddi arni wrth i hwnnw strancio i ddengid rhag ei dynged.

"Dyna fo," meddai Gina Davies gan bwyntio'r gwn o un i'r llall wrth iddyn nhw ddatgymalu. "Ista di'n fan'na, ffatso," meddai wrth i'r dyn dagreuol faglu i gadair freichiau a chodi ei ddwylo o flaen ei wyneb fel pe bai hynny am ei amddiffyn rhag bwled. "A chdithau," sgyrnygodd ar y blismones, "ar y soffa."

Bagiodd Harri i'w sedd. Tynnwyd ei sylw gan sŵn y

frwydr unochrog yr ochr arall i ddrws y fflat. Roedd llais Ben i'w glywed yn ymbilio uwch chwyrnu rheibus Ffaro. Ystumiodd Harri i godi, i arbed y naill rhag y llall.

"Aros," rhybuddiodd Gina gan brodio'r gwn i'w chyfeiriad. "Ta waeth amdano fo. Fydd o'n dipyn o gyffro yn 'i fywyd o."

"Be wyt t'isho, Gina?"

"O, Gina rŵan, ia? Mrs Davies i chdi, 'mechan i. Dangos barch, 'nei di. 'Ta 'di hynny tu hwnt i chi'r moch?"

"Be wyt ti isio... 'dach chi isho... Mrs Davies? Pam na adewch chi iddo fo fynd? Mr Price, 'dach chi'n ocê?"

Roedd Mr Price yn wyn fel marmor, ond ei fol mawr yn goch, a hwnnw'n amlwg i bawb ar ôl i'w fest ddianc i fyny ei stumog yn ystod ei eiliadau o stryffaglu ar lawr y fflat. "O, Iesu mawr," plediodd. "Iesu mawr. Gwnewch rwbath, Miss Morgan. Gwnewch rwbath wir... 'dach chi'n *policewoman*... gwnewch rwbath."

"Cau dy geg, reit, neu mi saetha i di yn dy fol tew," rhybuddiodd Gina, cyn gwenu a dweud: "O'r siâp sy arna chdi, mi fydda hynny'n gneud lles." Trodd y gwn yn ôl i gyfeiriad Harri. " 'Sgen ti'm cwilydd, dywad?" meddai gan daflu llygaid sydyn o gwmpas y fflat. "Glywist ti 'rioed am ddystar? A Mr Sheen. Mae Ben yn dipyn o Mr Sheen. Wel, mi roedd o," meddai, gan glywed dim o'r tu allan i'r fflat bellach ond cyfarth gwallgo'r ci hyll 'na. Roedd Ben un ai'n farw, neu'n rhydd. Un neu'r llall, doedd ots ganddi erbyn hyn; roedd hi'n rhy hwyr i boeni. Roedd pethau wedi mynd yn rhy bell. "Bechod i Ben fethu'n joinio ni. Ro'n i am iddo fo gyfarfod efo chdi eto... ar ôl yr hwyl gawsoch chi'ch dau yn y fynwent."

"Pam wyt ti'n gneud hyn, Gina?"

"MRS DAVIES! MRS DAVIES! Dangos barch, hogan!

Swatiodd Harri rhag ffyrnigrwydd llais y ddynes efo'r gwn.

"Roedd gen i gynlluniau ar eich cyfer chi heno," meddai Gina. "Tydi Ben ddim wedi mwynhau'r... pleser o gwmni merch, nid i mi wbod beth bynnag. Ac ro'n i'n mynd i d'orfodi di i orfadd ar y gwely, a'r gwn 'ma yn dy geg di, a Ben yn dy..." Chwarddodd Gina'n grebachlyd a phwyntio'r gwn llaw rhwng cluniau Harri.

Daeth cyfog i gorn gwddw'r sarjant; roedd ei phen yn ysgafn fel balŵn. Brwydrodd yn erbyn y llewyg.

"Ond gan nad ydi Ben yma..." meddai Gina wedyn, gan droi i edrych ar Mr Price yn baldorddi yn y sedd, "... pam lai?"

* * *

Aeth ugain munud heibio a dim hanes o Ron. Ble mae o? Be sy 'di digwydd? Roedd Evelyn Price, yn driw i ddymuniad ei gŵr, wedi aros yn y gwely tra oedd o'n mynd i ateb cloch y drws ffrynt. Dyna'r felltith o fyw ar y llawr gwaelod; y nhw – neu y fo, i ddweud y gwir – a fyddai'n gorfod codi o'r gwely ar ôl i un o'u cymdogion anghofio'r goriad, neu golli'r goriad, neu feddwi gormod i dyrchu mewn poced am oriad.

Pan symudon nhw yma bum mlynedd ynghynt, un o'r perchenogion cyntaf i brynu fflat yn yr adeilad crand, roeddan nhw ar i fyny. O'r diwedd yn cael dengid o'r byngalo yng nghanol y stad arswydus honno lle byddai'r ifanc yn rasio ceir, yn yfed, yn cymryd cyffuriau, yn dwyn tan yr oriau man; lle byddai'r rhieni'n gweiddi ac yn ffraeo ac yn rhegu trwy'r nos. Ond buan iawn y daeth cymdogion newydd. Ac er i'r rhain ymddangos yn ddigon parchus – pobl ifanc broffesiynol oedd y mwyafrif – roeddan nhwythau hefyd yn yfed a chwarae miwsig byddarol. O leia roeddan nhw'n ymddiheuro'r bore wedyn; ond doedd hynny'n fawr o gysur am hanner awr wedi tri y bore a rhyw sgrechian canu'n ysgwyd yr adeilad.

Eisteddai yn ei gwely yn cnoi ei hewinedd, yn swnian crio. Ble mae o? A be oedd y sŵn cyfarth mawr 'na? A'r sgrechian? Ci'r blismones 'na, debyg? Ddylia hi ddim cadw ci mor fawr mewn fflat. A hwnnw'n beth hyll; a pheryg bywyd siŵr o fod. A phwy oedd wrth y drws? Rhyw ddyn debyg. Doedd hi ond wedi byw yma ers 'chydig ddyddiau, ac roeddan nhw'n heidio i'w gwely hi'n barod. A hithau'n blismones.

O, Ron, ble'r wyt ti? Be sy wedi digwydd? Roedd Evelyn yn gyndyn o godi o'i gwely, yn ofni llid ei gŵr pe bai hi'n anufudd. Oedd, roedd o'n ddyn da, ond o dro i dro... wel, mae'n siŵr bod llawer i ddyn yn debyg. Gweithio'n galed, pwysau meddwl, byd creulon, didostur yn ei galedu. Dechreuodd siglo yn y gwely, swnian yn dawel, cnoi ar flaenau'i bysedd. Beth pe bai'r ci mawr 'na wedi ei reibio? Beth pe bai ffansi man yr hogan 'na wedi rhoi cweir iddo fo?

Taflodd Evelyn y dillad gwely o'r neilltu, a cherdded ar flaenau'i thraed o'r stafell wely. Arhosodd wrth ddrws ffrynt y fflat, yn gwrando, yn cau ei llygaid i ganolbwyntio ar sŵn, a dim ond sŵn.

A'i llaw arall o hyd rhwng ei dannedd, rhoddodd law ofnus ar handlen y drws. Trodd yr handlen. A chilagor y drws. Edrychodd i fyny ac i lawr tywyllwch llwydaidd y coridor oer. Drwy'r ffenest medrai weld y glaw yn tywallt fel hoelion o'r nefoedd, yn trywanu'r ddaear.

Clywodd sŵn i fyny'r grisiau, sŵn sisial, ac yna gyfarth. Neidiodd ei chalon a'i choesau'n toddi fel clai mewn gwres.

"Ron," sibrydodd mor uchel ag y meiddiai. "Ron."

Ac yna gwelodd gysgod ar y grisiau, yn symud i lawr tuag ati. Roedd ei chorff yn stiff fel procar. Daeth troed i'r golwg, ac un arall yn baglu ar ei hôl. Gwichiodd Evelyn Price, a'i llygaid fel planedau yn ei phen, wrth i'r corff gwaedlyd lusgo i lawr y grisiau fel un o'r meirw byw.

—ii—

"Be oedd y hwnna?" crawciodd Gina Davies, gan droi ei phen i gyfeiriad y sgrech.

"Evelyn," udodd Mr Price o'i sedd. Roedd y chwys yn tywallt oddi arno fel glaw oddi ar gar. Roedd o'n adnabod dychryn ei wraig ar ôl blynyddoedd o arfer. "Evelyn."

"Cau dy geg, Mr Bol," bygythiodd Gina gan bwyntio'i gwn i gyfeiriad y dyn.

Roedd Harri ar bigau'r drain, yn cadw llygaid barcud ar Gina gan geisio mesur i'r eiliad yr adeg orau i ymosod. Ond roedd y gwn yn cael ei chwifio fel baton wrth i lygaid y ddynes wyllt chwipio o un cyfeiriad i'r llall. Gobeithiai Harri fod beth bynnag a oedd wedi digwydd, beth bynnag a achosodd i Evelyn Price sgrechian, wedi drysu Gina ddigon iddi anghofio'i chynllun erchyll.

Ciledrychodd Harri i gyfeiriad Ron Price. Roedd ei stumog fel jeli o gwmpas ei ganol a'i ddrewdod yn annifyr hyd yn oed o'r pellter hwn. Nid am gan ticed loteri perffaith, meddyliodd Harri, wrth geisio peidio â dychmygu'r senario a oedd yn nychymyg gwyrdroëdig Gina Davies.

Mentrodd y sarjant edrych i gyfeiriad y wraig wallgo. Roedd dryswch yn ei hwyneb wrth gysidro beth i'w wneud nesaf; wrth feddwl – siŵr o fod – sut i ddengid o'r twll a dyllodd iddi hi ei hun.

Ac roedd Harri fel panther yn barod i lamu, gwn neu beidio.

* * *

Anwybyddodd Ben Parry'r glaw a drywanai ei gorff fel mil o nodwyddau. Rhedodd am ei fywyd. Roedd dagrau a gwaed yn patrymu ei fochau, a'r briwiau ar ei freichiau'n sgrechian fel tân gwyllt yn ei ben.

Sblashiodd drwy'r dyfroedd a garpedai'r strydoedd tywyll, a ffrwydrai'r pyllau fel miloedd o losgfynyddoedd wrth iddo rasio am noddfa. Clywai chwyrnu ci annwn yn ei glustiau wrth i'r bwystfil rwygo drwy'r gôt, drwy'r cnawd, at yr asgwrn.

Syrthiodd ar ei liniau mewn pwll o ddŵr, yn socian at ei groen. Peiriant a saethai'r glaw o'r nefoedd, gan fwledu'r concrit; bomiau dŵr – miliynau ohonynt – yn malurio ar y strydoedd.

Anadlai'n drwm a churai ei galon i rythm y storm. Plethodd ei freichiau diffaith, gwaedlyd. Pan ymosodasai'r creadur o uffern, taflasai Ben ei freichiau i fyny er mwyn amddifyn ei wyneb rhag y dannedd fel cyllyll. Medrai ogleuo anadl poeth y ci; medrai weld y genau glafoeriog, fodfeddi oddi wrth ei drwyn. Roedd wedi sgrechiad a chicio wrth i'r anifail falu ei freichiau.

Trwy lwc penderfynasai'r anghenfil geisio mynediad yn ôl i fflat ei berchennog, a rhoddasai hynny gyfle i Ben sleifio (neu syrthio) i lawr y grisiau. Clywsai wich fel larwm tân wrth iddo gyrraedd y llawr gwaelod, ond erbyn hynny roedd o y tu hwnt i sylwi, ac fe'i hyrddiodd ei hun drwy ddau ddrws y fflatiau ac i freichiau storm newydd.

Dechreuodd ddod ato'i hun. Roedd ei anadl a'i galon yn arafu, ond ei feddwl yn chwildroi ac yntau ar ei liniau ar drugaredd y glaw. Be oedd o i'w wneud? Roedd yn rhaid iddo benderfynu, a doedd o erioed wedi gorfod gwneud penderfyniad.

Mam! Mam!

"MAAAAAM!"

"Wyt ti'n iawn?"

Neidiodd o'i ddryswch. Y car a welodd o gynta, car gwyn ac arno liwiau gwyrdd a choch, a golau glas yn fflachio'n feddw ar ei do. Yna gwelodd y dyn yn ei ddillad tywyll, yn mentro i'r storm.

"Wyt ti'n iawn?" holodd y plismon drachefn gan gamu'n ofalus tuag at Ben.

20/ *Rhyw baratoi gogyfer Gehenna*

—i—

A DYMA HI'N LAW...

—ii—

Hyrddiwyd Nick Davies i dir y byw. Hunllef, meddyliodd. Roedd ei gorff yn wlyb doman, yn oer ac yn grynedig fel pe bai'n gorwedd ar dalp o rew. Aeth ias drwyddo fel gwaywffon. Medrai ogleuo ei ofn.

Callia, meddai wrtho'i hun. Breuddwyd. Blydi babi mam. Crychodd ei dalcen a cheisio cofio'r gwallgofrwydd a fu'n rhedeg reiat yn ei isymwybod ychydig funudau'n ôl. Na. Dim. Ni allai Nick fyth gofio'i freuddwydion.

Dywedasai Ben wrtho ryw fore yn y siop jôcs fod pawb yn breuddwydio bob nos, ond nad oedd y rhan fwyaf yn cofio'r delweddau; ac os oedd rhywun am gofio, roedd yn rhaid gwneud nodyn o'r digwyddiadau'n syth ar ôl deffro. "Neu ti'n siŵr o anghofio," meddai Ben yn ei lais nerfus ac yntau ar ei liniau y tu cefn i'r cownter yn sychu'r te a dywalltodd Nick ar bwrpas.

Ond fuasai Nick ddim yno i wrando ar bregethwr a'i gefnder; yno'r oedd o i gymryd 'benthyg' un o'r masgiau di-rif a addurnai furiau'r siop. 'Margaret Thatcher' oedd ei hoff fasg; dynes gry – fel Mam – oedd yn siarad yn blaen, yn cymryd dim lol gan neb, yn rhoi rhwydd hynt iddo fo a'i fêts i gicio pennau'r ychydig flacs oedd yn byw yn y dre.

GREAT Britain.

Byddai Nick wedi bod wrth ei fodd yn lladd Arjis yn y Falklands, ond roedd o'n rhy ifanc ar y pryd, ar drothwy llencyndod. Treuliai'r dyddiau hynny'n paentio'r groes swastica ac NF ar furiau llwydaidd adeiladau adfeiliedig, heb wybod yn union beth a olygai'r arwydd na'r llythrennau. Hoffai fod wedi mynd i'r Gwlff i gicio tin Saddam, ond roedd o'n rhy brysur efo'i yrfa'r adeg honno.

Ia, masg 'Thatcher'; neu hyd yn oed 'Ronald Reagan' – BOMIO RWSIA! Grêt, meddyliodd Nick, ffwcin grêt.

Ond doedd hi ddim yn "ffwcin grêt" ar hyn o bryd. Medrai glywed y glaw yn piso, a'r sŵn yn gwanio'i bledren. Feiddien nhw ei symud o yn y tywydd 'ma? Ychydig oriau i fynd, dyna i gyd. A thaith ddwy awr i'r carchar lle y byddai'n pydru nes ymddangos drachefn o flaen rhyw goc oen o ynad heddwch na wyddai'r un dim am fywyd go iawn. Yn sydyn, o nunlle, daeth dychryn i gydio ynddo fel feis. Cofiodd yr hunlle, daeth y lluniau lliw i'w feddwl.

"Dim ond ugain y cant o'r boblogaeth sy'n ymwybodol eu bod nhw'n breuddwydio mewn lliw."

Ben ddiflas eto. Anghofia Ben; cofia'r freuddwyd. Mam yn cael ei herlid drwy strydoedd tywyll rhyw ddinas apocalyptaidd; dynion a merched a phlant efo torchau tân, a chrymanau, a rhaffau i'w chrogi. Yn eu mysg, gwelodd wynebau'r ditectifs Joel Fôn, Martin Slater, a merch ifanc â gwallt melyn hir, uffar o bishyn, y ferch a welodd o ddydd ar ôl dydd yn y llys pan geiswyd ei gyhuddo o saethu'r copar gwirion 'na a fentrodd ei nadu rhag dwyn o'r swyddfa bost jyst cyn 'Dolig 1991. Drwy gydol yr achos, roedd hi'n syllu arno fo; a phe bai syllu yn llinyn mesur mewn achos o gynllwynio i ladd, byddai'r ferch ar ei phen yn y jêl.

Ond be oedd Mam wedi ei wneud?

"Os metha i... chdi 'di'r hogyn..."

Dyna a sgwennodd Mam. Roedd hi o'i cho, siŵr Dduw; ond myn uffarn i, pe bai o ond yn cael y cyfle mi fyddai'r flondan, a'r lleill a fu'n ei gam-drin o a'i deulu dros y blynyddoedd, yn talu.

—iii—

Dal i eistedd ar y soffa yr oedd Joel pan ganasai'r ffôn a'i lusgo o'i fôr cythryblus. Roedd yr heddlu wedi dod o hyd i Ben Parry, a hwnnw wedi datgelu pob dim mewn afon o eiriau. Roedd dau swyddog arfog wedi mynd i ardal y fflat yn syth, ac ar ôl deffro'r prif gwnstabl cynorthwyol, cawsid yr awdurdod i leoli uned arfog yn y cyffiniau. Roedd yn rhaid i ddigwyddiadau o'r fath, rhai'n ymwneud ag arfau, gael eu cyfarwyddo gan swyddog arbennig, ac yn ffodus (yr unig 'ffodus' drwy'r nos) roedd yr Uwcharolygydd Dilys Ellis wedi ei hyfforddi yn y maes.

O fewn munudau roedd y fflatiau'n wag, y trigolion wedi eu hebrwng i ddiogelwch ysgol gynradd leol, a Ffaro hefyd wedi dod allan yng nghwmni swyddog o'r RSPCA. Rhythodd Joel wrth i'r ci mawr droedio'n ufudd drwy'r drws ffrynt; nid ci ydi hwnna, meddyliodd, ond arth. Arth ai peidio, roedd o heb fod o gymorth i Harri.

Roedd Evelyn Price, drwy sgrechiadau a dagrau, wedi ffonio'r heddlu hefyd, a doedd hynny ond yn cadarnhau difrifoldeb y sefylla. Drwy ei pharablu diddiwedd deallodd yr heddlu fod ei gŵr, Ron, hefyd yn debygol o fod yn wystl.

Edrychodd Joel o'i gwmpas. Nid oedd y glaw yn dangos 'run defnyn o gydymdeimlad â'r sefyllfa. Roedd y gawod drom yn dallu Joel, ac yn sicr yn dallu'r swyddogion hynny a oedd yn anelu'u gynnau at ffenest fflat Harri.

Ni fedrai Joel Fôn erlid y ferch o'i feddyliau. Ysgydwodd ei ben a chwyrlïodd y gwlypter o'i wallt tamp. Syllodd i gyfeiriad fflat Harri Morgan. Ond na, roedd Harri o hyd yn gorfod cystadlu efo'r llall. Nid dyma'r amser i gysidro materion y galon, dwrdiodd ei hun. Pwysodd ei ddwy benelin ar do'r car heddlu ac anwybyddu'r lleithder a sugnwyd gan ddefnydd ei siaced. Ar adegau fel hyn roedd o'n difaru rhoi'r gorau i feddwi'n dwll.

Gwelodd Joel ambiwlans wedi ei barcio rai llathenni o'r fflat, ac wrth ei ymyl, gar cyfarwydd Dr Llew Williams, un o gyd-weithwyr Daron. Safodd yn syth. Bu bron i Joel drotian at y GP; efallai fod hwnnw'n gyfarwydd â'i chynlluniau? Ond fe'i sadiodd ei hun. Callia, meddai.

Harri, Harri, Harri, corganodd ei feddyliau. Roedd hi'n allweddol mai Harri oedd yn flaengar ar hyn o bryd; câi Daron ddychwelyd pan gerddai Harri, a Mr Price, o'r fflat yn fyw ac yn iach.

Daron, Daron, Daron.

Tarodd do'r car efo'i law.

"Heb glywed gair, Joel?"

Trodd i gyfeiriad y llais. Roedd yr Uwcharolygydd Dilys Ellis yn ymochel o dan ymbarél mawr du gan adael i'w llygaid grwydro tua'r fflatiau.

"Dim siw na miw," meddai. "Dw i 'di trio, ond does na'm ymateb."

"Wynebu'r bleiddiaid, mae arna i ofn," ochneidiodd Dilys, gan syllu dros ysgwydd Joel. Cerddodd y wraig heibio iddo, a throdd Joel i'w gwylio. Yno, ryw ganllath i lawr y lôn, roedd camerâu teledu, gohebwyr o bob cyfrwng, wedi eu carcharu y tu ôl i far metel hir ac arno dâp melyn efo'r geiriau:

HEDDLU: DIM MYNEDIAD

Clywodd leisiau'r gohebwyr yn gofyn cwestiynau ar draws ei gilydd i'r blismones. Cododd Dilys Ellis ei dwylo fel rhyw feseia, a thawelodd yr holwyr gan ddisgwyl y geiriau lledrithiol.

Edrychodd Joel ar ei wats. Brwsiodd y dŵr oddi ar yr wyneb, ond dal i syrthio a wnâi'r glaw a chuddio'r rhifau eilwaith. Pwysodd y botwm golau a gwelodd: 3:23:12. Meddyliodd am ei wely, eu gwely *nhw*. Lle'r oedd hi'n cysgu heno? Lle'r oedd hi'n mynd?

Addawodd y byddai'n newid ei ffyrdd, yn ymateb i bob un o ofynion Daron, yn cau ei geg ynglŷn â'r hyn nad oedd hi am ei glywed, yn talu mwy o sylw i'w perthynas yn hytrach nag i'r gwaith. Byddai'n fodlon ei dwyllo'i hun er mwyn ei chael yn ôl.

21/ Y gwarchae

"BE MAEN NHW'N 'NEUD? Be sy'n digwydd? Pwy 'di'r bobl 'ma i gyd?" Roedd Gina yn ciledrych o amgylch cornel y ffenest, yn gweld y dieithriaid sinistr islaw, y ceir plismyn ymhobman, y goleuadau'n troi'r noson stormus yn ddydd.

Chwythodd y glaw i'r fflat drwy'r ffenest agored, a gwlychu Gina, ond ni chymerodd ddim sylw o'r drochfa.

"Ty'd o'r ffenest, Gina," meddai Harri, yn ei llais tawel, awdurdodol.

"MRS DAV..."

"TY'D O'R FFENEST, GINA, MAE GYNNYN NHW YNNAU."

Rhewodd Gina a'i llygaid yn chwyddo'n gylchoedd; camodd yn ei hôl i ddiogelwch y cysgodion. Safai rŵan y tu cefn i Mr Price a oedd yn rhynnu yn ei fest. "Be sy wedi digwydd?" gofynnodd Gina gan edrych yn ddryslyd ar y sarjant a eisteddai ar y soffa efo golwg bryderus ar ei hwyneb. "Be aeth o'i le?"

"Rho'r gorau iddi, Gina. Rho'r gwn i mi, ac fe gawn ni gerad allan, y tri ohonan ni, yn sâff, heb i neb gael ei frifo," cysurodd Harri, a dechrau codi.

"Aros yn fan'na'r bitsh bach gyfrwys!" rhuodd Gina gan bwyntio'r gwn llaw at dalcen Harri. A hithau rhwng eistedd a sefyll stopiodd y sarjant yn stond wrth i'w chluniau dynhau. "Ista'n llonydd."

"Mae pob dim ar ben, Gina. Waeth i ti wynebu pethau. Y peth gorau fydda i ni'n tri fynd o 'ma, yn ara deg bach, dim lol."

Ond roedd Gina yn y cysgodion o hyd, a'i meddwl yn chwildroi wrth drio datrys y pôs, wrth geisio llwybr o'r tywyllwch. Dim ffordd allan. Dechreuodd ysgwyd ei phen. Crynai'r gwn yn ei llaw a'i bys ar y glicied danio.

"Dim ond trio gneud yn iawn â'n nheulu o'n i," meddai'r wraig wrth neb yn arbennig, " 'y nheulu i a gafodd gymaint o gam." Gwyddai Harri nad oedd ciwed Gina Davies wedi cael cam yn y byd; roedd drygioni yn eu gwaed, fel gwenwyn. "Carol druan; yn magu Ben ar ei phen ei hun. Chithau'n pigo arni. Deud anwiradd amdani hi."

Dydw i ddim am ddangos sarhad, meddyliodd Harri wrth glywed y geiriau, Taflodd cipolwg pryderus ar yr ofnus Mr Price. Pe bai hi ar ei phen ei hun yma efo Gina, byddai Harri wedi dweud be oedd be wrth y ddynes 'ma; fel pawb arall a fyddai'n cyson dorri'r gyfraith, roedd Gina a'i theulu'n teimlo mai nhw oedd yn cael cam. Bai pawb arall. Methu wynebu'r gwir. Methu derbyn y cyfrifoldeb.

"Syrthiodd hi'n farw ar ôl oes o boen, a chithau'n gneud dim. Chi ddaru ladd Carol. Chi," meddai Gina'n ddagreuol, gan godi'r gwn yn ara deg i gyfeiriad Harri.

"Gina, tydi hynny ddim yn wir. Wyt ti'n gwbod cystal â finna," meddai Harri. Oes 'na bwynt? meddyliodd; dim ond mynd o ddrwg i waeth y gwneith hi. Ta waeth; ei thaflu oddi ar ei hechel; cyfle i mi... "Roedd Carol yn lleidr; sawl gwaith y buo hi'n y llys am hynny? Ac ABH? A be arall?"

"Cau dy geg! Magu teulu! Magu Ben!" taranodd

Gina a'i chyhyrau'n tynhau am y gwn a ddaliai'n dynn yn ei dwrn, a'r baril yn anelu at Harri. "Be wyddost ti am fagu teulu? Be wyddost ti am gariad, yr ast fferllyd? Wela i'm plant. Wela i'm dyn."

"Ddaru dy hogyn di roid diwedd ar y dyn yn 'y mywyd i." Blydi hel, Harri, dal dy dafod, meddyliodd, wrth i fys Gina wasgu ar y glicied.

"Ia; hogan bach y copar dd'udodd anwiredd am 'y Nick bach i wyt ti, 'ndê? Ges i hwyl y diwrnod hwnnw yn y llys pan enillodd Nick."

"Ddaru o'm ennill, Gina, mi gafodd o saith mlynedd o jêl am *armed robbery*," ymatebodd Harri. "A geith o fwy'r tro yma. Fydd o i mewn am hydoedd."

Dechreuodd Gina grynu. Ysgydwai ei chorff fel pe bai mewn daeargryn.

"Wyt ti am 'i weld o eto, Gina?

Roedd wyneb Gina'n cochi wrth i'r ffyrnigrwydd ruthro o'i chalon i bob rhan o'i chorff fel pla o lygod mawr.

"Rho'r gwn 'na i lawr. Cerad o 'ma efo fi, a 'na i'n reit siŵr y cei di weld Nick."

"A be wedyn? Jêl i minnau hefyd?" cwynodd Gina'n ddagreuol. "Jêl, a'n cadw ni ar wahân?" Roedd hi'n byrgamu'n agosach rŵan, yn sefyll yn y ffenest bron. Gwasgodd Harri ei hewinedd i gledrau ei dwylo. Na. Na. Aros lle'r wyt ti, meddyliodd. "Mae Nick yn rhy glyfar i chi lot. Mae o'n gwbod amdanach chi; bob un ohonach chi. Ac mi ddaw o i'ch erlid chi fel y buoch chi'n ein herlid ni," meddai Gina.

Neidiodd Harri ar ei thraed.

"ISTA!" rhuodd Gina wrth gamu ymlaen. Roedd hi yn y ffenest erbyn hyn, a'r gwynt a'r glaw yn ymosod arni fel pe bai'r elfennau'n ei hannog i roi'r ffidil yn y to.

"Dos o'r ffenest, Gina," meddai Harri a hithau'n wynebu'r storm erbyn hyn. Edrychodd yn sydyn i'r nos y tu allan, a gwelodd y goleuadau, gwelodd y cerbydau a cheisiodd weld y gynnau. Roedd ei stumog yn chywrlïo, ei chalon yn rhuo ar iddi beidio, ar iddi beidio...

Tair llath rhyngddyn nhw; llathen a hanner rhwng talcen Harri a baril y gwn; Harri'n ysgwyd drosti; Gina'n wenwyn drwyddi; bys yn gwasgu'r glicied; Harri'n glymau, yn methu symud; Gina'n gwenu; Gina'n chwerthin... fel rhywun gwallgo.

"Be dw i'n 'neud?" chwarddodd Gina'n hurt. "Fedra i 'neud dim, na 'draf? Yli be s'gen i. Yli be s'gen i go iawn."

Harri'n bagio, a'i llygaid fel dwy leuad lawn; a bys Gina'n gwasgu'r glicied; ac yn chwerthin, chwerthin, chwerthin; Harri'n troi i syllu i'r düwch, gan ddisgwyl düwch gwaeth.

"Yli'r hogan wirion!"

A Harri'n wynebu'r gwn. A Gina'n gwasgu. A Harri'n syrthio, yn ddall, a'i dwylo dros ei hwyneb.

A phedair ergyd o'r fagddu.

22/ Nid gadael, ond mynd

MI FYDDA I'N ÔL. Mi fydda i'n ôl.

O fewn yr wythnos mi fydda i efo fo drachefn; mi fyddan ni'n siarad yn gall ac yn trafod. Ac yn medru byw efo'n gilydd. Ar ôl i mi ddweud, a fynta wrth ei fodd, a finna'n hapus; ond... be wedyn? Ychydig wythnosau wedi hynny? Y boen eto, y siomedigaeth, fel o'r blaen; a Joel? Joel yn mynd?

Mewn gwely sengl am y tro cyntaf ers hydoedd, ni fedrai Daron Griffith gysgu. Rhwbiodd ei dwylo drwy'i gwallt yn frwnt, fel pe bai'n trio'i sgalpio ei hun. Fe'i croesholodd ei hun. Be wyt ti'n 'neud? Pam wyt ti'n dengid fel hyn? Rwyt ti'n dengid er mwyn dychwelyd, a thrwy wneud hynny, achub y berthynas, meddai mewn amddiffyniad.

Daeth llais yr erlyniad o ryw gornel fach dywyll: ond sut mae hynny'n gweithio? Fydd hyn yn *gorfodi* iddi hi a Joel eistedd a siarad, fel oedolion. O, blydi hel: *fel oedolion.* Cymaint o ystrydeb. Ydan ni'n dysgu? Ydan ni'n dysgu o'n camgymeriadau? Ydi doethineb yn rhyw rodd a gaiff rhywun ar ôl 'profi' rhywfaint mewn bywyd? *BULLSHIT!* rhuodd y llais yn ei phen.

Gwichiodd y gwely wrth iddi godi ohono. Croesodd i'r ffenest ac agor y llenni. Tresio bwrw. Hwyr glas iddi stopio. Well i mi gychwyn yn gynt bore fory – y bore *yma,* cywirodd Daron ei hun. Prin deirawr nes y bydda i'n gorfod bod ar 'y nhraed; brecwast chwithig efo Mam a Dad; ac yna mentro i'r storm.

Aeth yn ôl i'r gwely a swatio o dan y dillad. Meddyliodd eto am Joel. Nid gadael, ond mynd; mynd efo'r bwriad o ddychwelyd; dychwelyd i ailgydio'n y berthynas; a dweud y gwir o hyn allan. Gwasgodd ei llygaid ynghau. Paid â dy dwyllo dy hun, Daron, sbeitiodd y llais. Mae'n rhaid bod 'na rwbath o'i le os na fedri di ddeud wrth Joel, o bawb; mae ganddo fo hawl i wybod; cymaint o hawl ag s'gen ti...

NAC OES! meddyliodd gan neidio ar ei heistedd eto. NAC OES! Fi bia'r corff 'ma; fi bia'r meddwl 'ma; fi bia'r cydwybod 'ma. Fi bia'r groth.

Gwyddai y byddai'n gorfod dweud wrtho ar ôl dychwelyd; nid jyst *dweud* ei bod hi am wneud, ond *gwneud* go iawn. Wythnos o osgoi oedd hon, go iawn. Wythnos i godi muriau, nid wythnos i godi pontydd.

Rhoddodd ei llaw ar ei stumog. Dychmygodd y llun hwnnw eto; ar y traeth, y ddau ohonyn nhw'n frown fel cnau ac yn hapus fel dechrau newydd. Ond roedd 'na drydydd yn y llun. Un bach efo llygaid dirgel ei dad a gwallt melyn ei fam.

Gorweddodd Daron. Daeth rhyw heddwch drosti. Pan ddôi'n ôl. Ond ni wyddai Daron Griffith na fyddai byth eto'n gweld Joel Fôn yn fyw.

23/ Adladd

—*i*—

I OSGOI NIWED DIFRIFOL i gyd-weithwyr neu i'r cyhoedd – dyna'r unig amgylchiadau a fyddai'n achosi i aelod o'r uned arfog, neu i unrhyw blismon efo gwn yn ei law, danio. A dyna a wnaethon nhw. Aros, aros, aros, tan y funud dyngedfennol. Ac roeddan nhw wedi aros yn rhy hir.

Pan syrthiodd Harri Morgan, a'i dwylo'n crudo'i hwyneb, yr adeg honno y pwysodd pedwar bys ar bedwar clicied, a rhyddhau pedwar bwled drwy law a thywyllwch i rwygo 'sgyfaint a chalon Gina Davies yn rhacs.

Roedd y pedwar taniwr – y pedwar ar y dibyn, a gwaed yn rhuthro trwy'i gwythiennau, a dychryn a dryswch yn goctel gwallgo – yn deall goblygiadau'r hyn a ddigwyddodd. Doedd blynyddoedd o hyfforddiant, na'r sicrwydd eu bod wedi gweithredu o fewn y canllawiau, yn fawr o gysur. Roeddan nhw wedi lladd. Ond o bosib, roeddan nhw wedi lladd yn rhy hwyr.

—*ii*—

Diflannodd Daron o'i feddyliau'n llwyr wrth iddo daranu trwy ddrysau'r fflatiau, ac i fyny'r grisiau. Ni chlywai'r lleisiau yn galw arno drwy'r glaw; lleisiau'r ddau blismon arfog oedd i sicrhau nad oedd pergyl pellach yn y fflat;

llais Dilys Ellis yn ei rybuddio; lleisiau'r paramedics a'r doctor a ddymunai fod yno ymysg y cyntaf i geisio achub bywydau.

Harri, Harri, Harri, Harri.

Dyna'r oll. Yr eiliad honno, nid ystyriai Joel Fôn pam na chlywyd ergyd o wn Gina Davies; nid ystyriai'r anochel – y byddai bwled yn y pen o'r pellter y safai Harri oddi wrth y baril yn ddigon i roi terfyn ar fywyd unrhyw un; nid ystyriai fod Harri Morgan yn garcas. Ac ni ddisgwyliodd weld toman o ddyn a'i fol yn dawnsio, yn rhuthro i'w gyfarfod ar ben y grisiau. Roedd Mr Price yn udo fel ci'n cael ei grogi.

"Harri! Ble mae Harri? Ble mae Sarjant Morgan?" gwaeddodd ar y gwallgofddyn, ond ddaru hwnnw ond baglu heibio i'r ditectif, a syrthio i freichiau paramedic oedd ar sawdl Joel. Llamodd yntau i fyny'r grisiau, dwy, tair ar y tro. Y drws o'i flaen. Yn gilagored. Ei goesau'n blu o wybod beth a fyddai'n ei weld, ond ei fod yn gwrthod credu. Ei ysgwydd i'r pren. "HARRI!"

—iii—

Siglodd Meg Morgan yn ôl ac ymlaen yn y gadair freichiau a hances yn ei llaw, a dagrau ar ei boch, a "dd'udis i, dd'udis i" ar flaen ei thafod.

"Dyna chi, Mrs Morgan," meddai'r blismones mewn llais tawel a chysurus. "Cym'rwch chi honna." Ni wnaeth Mrs Morgan unrhyw ymdrech i dderbyn y baned. Rhoddodd y blismones y gwpan ar fwrdd coffi bychan o flaen y wraig, a phenglinio o'i blaen. Cydiodd yn ei dwylo'n dyner. "Bydd pob dim yn iawn, Mrs Morgan. Gewch chi weld."

Neidiodd Mrs Morgan ar ei thraed, a cherdded rownd a rownd, gan bregethu: “Ma’ hi ’di ’i lladd! Ma’ hi ’di ’i lladd! Fath â’i thad! Colli’r ddau ’run ffordd! Dd’udis i wrthi! Styfnig fuo’r ddau! Fel mulod! A finna heb neb! Styfnig! Tasa fo heb ddwrdio efo hi! Y ddau ohonach chi; cyn waethed â’ch gilydd! Cyn waethed â’ch gilydd.”

Syrthiodd Mrs Morgan ar ei gliniau a sgrechian crio. Rhuthrodd y blismones ati a’i chofleidio, ei siglo yn ei breichiau. Ac yna canodd y ffôn. Torrodd Mrs Morgan yn rhydd o afael y blismones, a syllu ar y ffôn swnllyd fel pe bai’n greadur o blaned arall yn ceisio cyfathrebu efo hi.

“ ’Na i ’i ateb o,” meddai’r blismones. Dechreuodd gerdded am y ffôn gan ei pharatoi ei hun am y gwaetha, ac ail-fyw pob eiliad o bob cwrs a melltithio’r cwbl lot am fod heb ddim byd tebyg i fywyd go-iawn.

“Na ’newch chi ddim,” meddai Mrs Morgan, gan frasgamu heibio i’r blismones, a chodi’r ffôn. “Helô, Meg Morgan,” meddai a’i llais yn llawn o hunanbarch, o ‘beth-bynnag-a-ddaw-dw-i’n-aros-yn-gry’. Aeth ei hwyneb yn welw. Agorodd ei cheg, ond ddaeth yr un dim o’r larynics.

“Mrs Morgan... “

Ond roedd Meg Morgan wedi llewygu.

—*iv*—

“...llifogydd... arhoswch adra os nad oes gwir angen i chi deithio... ffyrdd yn beryglus... cadwch i’r prif lonydd... tywydd garw... mwy o law... paned o de o flaen y tân... dyna’r tywydd, yn ôl atoch chi...”

* * *

Yn wir, roedd hi fel bod monsŵn wedi taro'r ardal. Ond mewn gwirionedd doedd y monsŵn ond megis dechrau…

—v—

"Mam! Mam! Lle d… Helô? Pwy sy 'na rŵan?… O, haia… WEDI BE? Ydi hi'n iawn…?" Eisteddai Harri Morgan mewn carafán heddlu a chôt paramedic am ei 'sgwyddau a ffôn symudol wrth ei chlust. Nodiodd wrth wrando ar y blismones yn adrodd yr hyn a oedd wedi digwydd i Meg Morgan. "Iawn… ta-ra," meddai Harri gan roi'r ffôn i Joel, a safai wrth ei hymyl.

"Wyt ti'n iawn?" gofynnodd.

Nodiodd Harri a glaswenu arno. Roedd hi'n socian drwyddi, a'i gwallt golau'n stribedi tywyll dros ei hwyneb. Ac yntau'n edrych arni rŵan, gwywodd Daron o'i feddyliau. Am eiliad. Ysgydwodd ei ben. Paid â bod mor blentynnaidd, meddyliodd. Wyt i fel hogyn un ar bymtheg oed.

"Dd'udis i wrthi hi am beidio â sefyll yn y ffenest," meddai Harri, o bell.

"Welis i chdi'n syrthio. Ro'n i'n meddwl yn siŵr… ac yn gynddeiriog efo nhw am beidio â saethu ynghynt."

"Blydi gwn dŵr," meddai Harri, gan chwerthin yn ddihiwmor. "Blydi, blydi gwn dŵr. Be oedd haru'r ddynas wirion? Mae'r holl sefyllfa'n hurt. Tasa hyn ddim yn wir, fydda 'na neb yn coelio."

"Hi laddodd Jack Lloyd a Don Morris," meddai Joel gan eistedd wrth ochr ei sarjant. "Saethu Jack efo'r gwn a ddefnyddiodd Nick yn y swyddfa bost… ac wedyn y gwn… dŵr… i ddychryn Don, cael llaw drech, cyn malu'i ben o."

"Ddyliwn i fod wedi bod o gwmpas 'y mhetha. Wedi medru gweld nad oedd o'n wn go iawn. Roedd o'n edrach fath â gwn go iawn, Joel."

"Be dd'udodd hi? Dd'udodd hi rwbath?"

"Ddaru hi ddim *deud* mai hi laddodd Jack a Don. Ond roedd hi'n parablu 'mlaen am setlo cownt, am ddial, am y cam a gafodd hitha a'i theulu dros y blynyddoedd. Marwolaeth ei chwaer oedd 'i diwedd hi, dw i'n meddwl – yr halen ar y briw." Edrychodd Harri ar yr inspector. "Ydi Nick yn gwbod?"

Ochneidiodd Joel, ac ysgwyd ei ben. Edrychodd ar ei wats: bron yn hanner awr wedi pump. "Mae o'n cael ei dransffyrio i Walton heddiw. A' i draw i ddeud wrtho fo. O blydi hel."

Bu tawelwch rhyngddyn nhw, tra syllai Harri i'r düwch y tu allan i'r ffenest, a'r glaw o hyd yn taranu o'r nefoedd.

"Mae hyn yn ddeud mawr," meddai ar ôl ennyd, "ond fedra i'm peidio â theimlo biti calon drosto fo." Trodd i edrych ar Joel. "Ac rwyt ti'n gwbod pwy geith y bai."

Agorwyd drws y garafán a goleuodd wyneb Harri. "Ffaro!"

Neidiodd Joel ar ei draed a symud o'r neilltu wrth i'r ci mawr drotian tuag at ei feistres, gan lusgo'r dyn RSPCA y tu cefn iddo.

"Cyfeillgar yn tydi?" meddai'r dyn, yn amlwg â'i wynt yn ei ddwrn, a'i wyneb yn goch fel tomato.

Rhwbiodd y ci yn erbyn Harri, tra mwythai hi ef a'i folicodlan. Gwenodd y dyn RSPCA ar Joel – a edrychai'n dra ofnus – a cherdded o'r garafán.

"Wyt ti am ddeud helô?" gofynnodd Harri gan edrych i gyfeiriad y ditectif pryderus. " 'Neith o'm brathu."

"Deuda hynna wrth Ben Parry," meddai Joel, a oedd yn barod i lamu trwy'r drws unrhyw funud.

Mwythodd Harri'r ci. "Dd'udodd Gina rwbath cyn iddi farw."

"O?" meddai Joel gan eistedd yn ofalus wrth y bwrdd.

"Mi gythrodd hi'n 'y ngarddwrn i, a deud 'Gei di lonydd... byth!' Rhyfadd."

24/ Hau'r gwynt a medi'r corwynt

—i—

BU GLYN A LYNETH GRIFFITH yn twyllo'u hunig blentyn y bore hwnnw. Roedd y cynllunio'n drylwyr, yn ymylu ar ffars ar adegau, ond yn y pen draw y bwriad oedd amddifyn eu merch, a sicrhau y byddai'n camu ar yr awyren ym Manceinion a hedfan o'r ddrycin o'i chwmpas.

Byddai Glyn a Lyneth ar eu traed efo'r wawr bob dydd, a'r bore hwnnw roedd hi'n bwysicach nag erioed. A chôt law amdano yn ei warchod rhag y glaw trwm, sleifiodd Glyn o'r tŷ am oddeutu hanner awr wedi chwech, yn fuan ar ôl iddo fo a'i wraig glywed penawdau'r newyddion.

Gan dalu dim sylw i'r coffi a'r tôst, syllasai'r naill ar y llall fel dau ddelw wrth i ohebydd y *Post Cyntaf* adrodd yr hanes: marwolaeth y wraig oedd eto i'w henwi; dau wystl, un ohonynt yn dditectif, wedi eu rhyddhau heb gael eu hanafu; ymchwiliad anochel gan brif gwnstabl cynorthwyol o ranbarth arall dan oruchwyliaeth Awdurdod Cwynion yr Heddlu; yr Uwcharolygydd Dilys Ellis yn dweud fod pawb wedi eu siomi, a byddai neb yn dymuno'r fath ddiweddglo i unrhyw warchae; mai'r peth diwethaf y byddai unrhyw heddwas arfog am ei wneud oedd tanio.

Joel. Joel oedd y ditectif. Dyna oedd ar dafodau Glyn a Lyneth Griffith.

"Well i chdi ffonio i 'neud yn siŵr," meddai Lyneth wrth ddechrau cnoi ei thôst ar ôl saib.

"Dd'udan nhw ddim byd, siŵr Dduw," ymatebodd Glyn, gan ychwanegu trydedd lwyaid o siwgwr i'w goffi du.

"Wrth gwrs y g'nawn nhw. 'Dan ni'n... deulu bron."

Ufuddhaodd Glyn a chafodd gadarnhad nad Joel Fôn oedd y ditectif a fu'n wynebu'r gwn, ond bod yr inspector yn rhan o'r ymchwiliad.

"Gewch chi sicrhau... ym... Daron fod Joel, ac... ym... yr... y ditectif dan sylw, yn berffaith iawn," meddai'r DC Paul Hughes wrth Glyn.

"Dd'udwn ni'r un gair wrth Daron. Fydd hi'n gwrthod mynd. A 'neith les iddi fynd. Hen bryd i'r ddau... sortio..." mwydrodd Lyneth gan bastio jam ar ddarn arall o dôst.

Ac felly y mentrodd Glyn Griffith i'r glaw mawr. Sleifiodd fel lleidr i gar ei ferch, a thynnu'r weiran a gysylltai'r radio â'r injan.

Yn ôl yn y tŷ, a Lyneth yn goruchwylio, tynnodd Glyn y ffiws o blwg y radio yn y gegin, ac o blwg y teledu, a'r bateri o gefn y radio fechan a hongiai o fachyn yn y toiled i lawr grisiau.

Gan guddio'r cynllwyn orau y gallen nhw, eisteddodd Glyn a Lyneth Griffith yn y gegin, yn llawn euogrwydd a choffi, a disgwyl yr amser i alw eu merch i godi.

—ii—

Pwsyai Joel Fôn ei ben ar bared plaen y coridor. Roedd ei ben yn chwildroi o aroglau'r cemegau, a'i stumog yn glymau o wybod na fyddai'n gweld Daron am rai dyddiau. Edrychodd tua'r drws glas, lle'r eisteddai Nick Davies yng nghwmni corff ei fam. Wrth ddatgelu'r ffaith i'r lleidr, disgwyliai Joel y gwaetha ac roedd tri chyd-weithiwr yn y gell efo fo a Nick; jyst rhag ofn. Ond ymatebasai'r cnaf mewn ffordd a oeroedd fêr esgyrn y ditectif. Dechreuodd chwerthin yn wallgo; taflodd ei ben yn ôl a rhuo chwerthin. Ac yna dechreuodd grio, a nodio'i ben, a dweud, "Dyna dd'udodd hi. Roedd yr hen ddynas yn gwbod yn iawn. Yn gwbod yn well na chi lot. Yn glyfrach na chi'r diawliaid."

Bwriedid ei drosglwyddo i'r carchar dros y ffin am wyth y bore hwnnw, ond gohiriwyd hyn am awr er mwyn iddo gael treulio cyfnod efo'i fam yn yr ysbyty. Yn ystod y daith bu Nick yn mwmblian canu, a chredai Joel fod y creadur yn colli'i ben – hynny o ben a oedd ganddo'n weddill i'w golli, gan mai hanner call oedd Nick beth bynnag.

Dechreuodd Joel daro'i ben yn ysgafn yn erbyn y pared. Ar adegau fel hyn y byddai Harri'n mynd am smôc, meddyliodd. Dechreuodd fynd yn genfigennus o ysmygwyr, a'r cysur a gaent o sugno gwenwyn i'w 'sgyfaint yn ystod pwl drwg.

Penderfynodd y byddai'n rhoi caniad i Glyn Griffith ar ôl i Nick gychwyn ar ei daith. Ni chredai am eiliad fod Daron yno, ac ni chredai fod ei gymar wedi datgelu i'w rhieni ymhle'r oedd hi'n bwriadu treulio'r dyddiau i ddod. Ond fyddai o ddim gwaeth o drio; doedd neb i wybod. Dybl blyff, meddyliodd fel y gwnaeth pan welodd o'r nodyn. Dybl blyff; a'i nerfau'n dawnsio fflamenco gwyllt yn ei fol.

* * *

Roedd y glaw fel pe bai'n trio dinistrio'r fan a diferion bras, cyson yn drymio'n erbyn y metel ac yn erbyn y gwydr. Yn y cefn eisteddai Nick Davies yn edrych o'i gwmpas yn nerfus fel pe bai'n gwirioneddol gredu mai dwylo tyrfa a oedd am ei waed oedd yn gyfrifol am y taro, taro, taro diddiwedd.

Gwyliodd Joel o ddrws gorsaf yr heddlu wrth i'r fan gychwyn ar ei thaith. Edrychodd i fyny i'r nefoedd lwyd fygythiol lle'r oedd y cymylau duon fel llygaid bocsiwr yn arglwyddiaethu, yn gorchfygu.

Llifogydd... arhoswch yn eich cartrefi.

Gwenodd a meddwl am hen ffilmiau du-a-gwyn lle'r oedd creaduriaid o'r blaned Mawrth yn ymosod ar y ddaear, neu ddeinosôr yn deffro o gwsg tragwyddol i ddinistrio dinas gyfan ac uchelseinydd ar gornel stryd a llais robotaidd yn taranu: ARHOSWCH YN EICH CARTREFI! ARHOSWCH YN EICH CARTREFI! PEIDIWCH Â MENTRO I'R STRYDOEDD! Ond roedd rhywun yn siŵr o fentro i'r strydoedd; pe na bai neb *wedi* mentro i'r strydoedd, fyddai 'na ddim ffilm.

Trodd a cherdded i'r orsaf. Nodiodd i'r sarjant a safai y tu ôl i'r ddesg (lle'r arferai Don Morris sefyll), a cherdded trwy'r drws ac arno'r arwydd PREIFAT.

Roedd CID yn dawel. Siaradai Paul Hughes ar y ffôn dan chwarae efo'i sbectol gron; roedd Siân Wheeler yn canolbwyntio ar sgrin y cyfrifiadur ac yn sipian coffi; a Roger Doughty… doedd dim golwg o hwnnw. Ond prin y byddai'r sarjant deugain a phump oed yno; prin y byddai ar y ffôn; ni fyddai fyth o flaen y cyfrifiadur. Allan ar y stryd. Dyna lle y byddai Doughty, yn dilyn ei drwyn, yn ddygn, di-lol, hen steil.

Aeth Joel i'w swyddfa a chau'r drws rhag tawelwch byddarol gweddill y CID. Roedd o'n bwriadu ffonio Glyn a Lyneth. Waeth i mi drio. Ble mae hi? Ble mae hi wedi mynd?

Daeth cnoc ar y drws.

"Mewn."

Y DC Paul Hughes oedd yno. "O, syr," meddai, yn ei ffordd nerfus. Roedd hi'n anffodus ei fod yn ymddangos felly i bobl, yn gadach llestri, yn wantan. Gwyddai Joel fod Paul yn goblyn o dditectif da – yn drylwyr a deallus.

"Ty'd i mewn. Pob dim yn iawn?"

"O, ydi, syr… ym… jyst i adael i chi wbod… ym… ddaru'ch tad-yng… wel nid 'ych tad-yng-nghyfraith… tad Daron, Dr Griffith… "

"Be ti'n 'ddeud, DC Hughes?" Be feddyliodd Joel funud yn ôl am 'drylwyr', am 'ddeallus'?

"Ddaru o ffonio'r bore 'ma… gofyn os oeddach chi'n iawn… Daron… yno efo nhw…"

DYBL BLYDI BLYFF!

Heb adael i DC Hughes ddarfod ei frawddeg cythrodd Joel yn y ffôn fel pe bai'n wddw rhyw gath ffyrnig, a phwyso'r rhifau. Rhywun yn ateb.

"Lyneth, sut 'dach chi? Ydi Daron… ? Ga i siarad efo hi?"

—iii—

Ni welodd Daron Griffith mo'i mam yn curo ar y ffenest a'r ffôn yn ei llaw, wrth iddi yrru'r car yn ofalus o ddreif cartref ei rhieni. Hyd yn oed pe bai Daron wedi troi i edrych, dim ond ffurf fyglyd ei mam y byddai'n ei gweld drwy gynfasau o law. A byddai Daron wedi codi llaw arni hithau.

Edrychodd i'r ddau gyfeiriad. Ni allai weld ymhellach na'i thrwyn. Craffodd ar y drych oedd yr ochr arall i'r lôn, hwnnw a osododd ei thad yno flynyddoedd ynghynt iddo fedru gweld yn glir a oedd cerbydau ar ddod. Ond roedd dafnau dŵr yn nadu iddi weld. Roedd hi am fentro. Dyna'r unig beth. Rhuai'r gwynt, dawnsiai'r coed yr ochr arall i'r lôn yn wyllt, fel pe baent yn ceisio'i rhybuddio. Pwysodd ar y sbardun a gwthio'r car i'r ffordd fawr.

Dallwyd hi gan y ddau olau'n hyrddio tuag ati drwy'r glaw; byddarwyd hi gan y corn yn udo'n fygythiol.

—iv—

Geiriau ei fam oedd ym meddyliau cythryblus Nick Davies wrth i'r fan seciwriti yrru trwy'r storm dan siglo'n ysgafn a'r glaw'n arllwys yn greulon ar ffrâm y cerbyd.

Roedd y llythyr yn ei hosan rhag i'r copars gael gafael ynddo, a dwyn yr unig atgof oedd ganddo o'i fam; jyst yr union beth y byddai'r diawliaid yn 'i 'neud, meddyliodd. Gwasgodd ei ddannedd yn dynn. Bastards! Bastards! Yn ei lladd hi, yn lladd pob dim, a dim cydymdeimlad.

Siŵr bod yr ast fach o sarjant blond 'na'n chwerthin

am ei ben o, yn dathlu'r ffaith iddi fwrdro'i fam; a'r ditectif fflash 'na yn 'i siwt ddrud – Fôn – hwnnw hefyd ar y lysh heno'n deud "Un llai i ni boeni yn ei chylch! Un llai o'r teulu diawl 'na".

Y fo, y ditectif diawl, oedd wedi dweud wrth Nick am farwolaeth ei fam. Ac roedd o wedi mwynhau, siŵr o fod. Ond doedd Nick ddim am chwarae'r gêm, ddim am syrthio'n ddagreuol o flaen y copar er mwyn i hwnnw gael ailadrodd y stori yn y *pub* y noson honno. Felly dechreusai chwerthin, yn rhannol i ddrysu a difetha cynlluniau a disgwyliadau'r inspector, yn rhannol oherwydd neges ei fam.

Darfod di bethau, Nick bach. Darfod di bethau os medri di.

Sut medrai o ddechrau meddwl am ddarfod pethau ac yntau'n garcharor yn y blydi fan 'ma?

—v—

Anadlodd Daron yn hir ac yn ddwfn i erlid y tensiwn o'i chorff. Llwyddodd i stopio'r car cyn iddo lithro i lwybr y lori gyngor, a chwipiodd heibio i flaen ei cherbyd gan daflu ton o ddŵr dros y ffenest flaen.

Rŵan roedd hi'n gyrru trwy'r glaw, ar hyd y lôn gul a arweiniai at y briffordd. I un ochr, roedd coed maleisus yr olwg, yn cael eu chwipio gan y gwynt a'r glaw; ar yr ochr arall, y tai cysurus a oedd yn rhan o'r stad lle y trigai ei rhieni. Ac i'w chyfarfod deuai saeth ar ôl saeth o'r glaw melltigedig. Ni allai weld ymhellach na blaen ei char. Hwyr glas i mi gyrraedd yr A55, meddyliodd; byddai pethau fymryn yn haws ar y lôn honno.

Trodd y radio 'mlaen rhag ofn y byddai gwybodaeth

ynglŷn â chyflwr y lonydd. Os rhoddir y cyngor i ni i gyd aros gartra – dyna be 'na i, meddyliodd Daron. Roedd hynny'n ddigon o esgus iddi; yn rheswm dros droi'r car a gyrru'n ôl i gôl ei theulu, i gôl Joel. Trodd y nobyn; i'r chwith, i'r dde, ond dim byd. Tynnodd ei llygaid oddi ar y ffordd o'i blaen ac edrych ar y radio. I'r chwith, i'r dde, dim byd. Be sy haru'r blydi peth? Ni chafodd unrhyw lwc. Trawodd y radio'n galed efo cledr ei llaw a rhegu. Rhyfedd. Doedd 'na ddim radio na theledu'n gweithio yn nhŷ Mam a Dad y bore 'ma, chwaith.

Talwelwch felly. Tawelwch lle y byddai'r amheuon yn magu fel cynrhon. Ac amser iddi ffurfio'r geiriau a fyddai'n byrlymu ohoni pan ddeuai wyneb yn wyneb â Joel eto, a dweud wrtho fod plentyn yn tyfu yn ei chroth, a dweud wrtho pam na fedrai hi ymadael. Cig a gwaed oedd hi yn y pen draw – yn fenyw cyn bod yn ddoctor; ac er gwaethaf ei meddwl meddygol, rhesymegol, ni allai drechu'r emosiynol, y gwendidau, y ffaeleddau, yr ofnau sydd gan bawb.

Beth pe bai'r un peth yn digwydd eto? A hithau wedi dweud wrth Joel, ac yntau mor awyddus? A phethau'n chwalu rhyngddynt, yn yr un modd ag y chwalwyd ei briodas? Ni wyddai Daron y cefndir. Dim ond manion y llwyddodd hi i'w llusgo o ddyfnderoedd Joel Fôn, o'r man hwnnw lle y cadwai ei friwiau o dan orchudd. Ac yn y man lle y cuddiai Daron ei briwiau, roedd yr wybodaeth a allai roi terfyn ar eu perthynas, neu ddod â nhw yn agosach at ei gilydd. O Crist!

"Joel, pan o'n i efo Neil mi wnes i gamesgor – ddwywaith; ers hynny dw i wedi bod ofn. Heddiw, mae gen i fwy o ofn nag erioed: beth petawn i wedi deud wrtha chdi, chditha wrth dy fodd, finnau'n colli'r babi eto? Be?

Be? Be? Dw i'n ddoctor, neno'r nef, dw i'n dallt y petha 'ma ond..." Dyna a fydd hi yn y pen draw. Ar ôl wythnos yn yr haul, wythnos o feddwl a mesur a mwydo'r geiriau, fel hyn y dôn' nhw ar ddiwedd y daith yn fwrlwm hir o flerwch, yn arllwys fel y glaw diawledig 'ma.

Ysgydwodd ei phen i gael ymadael â'r meddyliau. Roedd ganddi faint a fynnai o amser i gysidro hyn dros y dyddiau i ddod. Canolbwyntio ar gyrraedd Manceinion oedd y flaenoriaeth ar hyn o bryd.

Rhyw ganllath o'i blaen medrai Daron weld golau coch car, fel dwy lygad yn y pellter; y gyffordd. Arafodd, a gyrrodd y car a oedd o'i blaen i'r ffordd fawr. Edrychodd Daron o un ochr i'r llall. Prin y medrai weld. Roedd y glaw trwm fel llenni trwchus, a'r sŵn yn fyddarol. Craffodd i'r llwydni o'i chwmpas. Dim byd yn dod... Pwysodd ar y sbardun.

Ac am yr eilwaith, daeth golau llachar rhyw gerbyd o'r niwl a'r glaw, a'i gorn yn udo rhybudd. Ond y tro hwn ni fynnodd ffawd ffafrio Daron Griffith.

25/ Storm yn esgor ar storm

HYRDDIWYD NICK DAVIES fel doli glwt o gwmpas cefn y fan; trawodd ei ben nes i sêr ffrwydro o flaen ei lygaid; dyrnwyd ei ysgwydd yn erbyn y metel; rhowliodd rywsut rywsut o un pen i'r llall.

Ac yna, hedd wedi'r halibalŵ. A Nick yn iawn. Eisteddodd... a dal ei wynt.

Ar y to! Dw i'n ista ar y blydi to!

Roedd y fan wedi ei throi ben ucha'n isa. A'r drws cefn wedi ei rwygo yn agored. A'r glaw yn pistyllio i mewn o'r awyr fygythiol.

Gwrandawodd am eiliad; ond doedd dim sŵn, ond am y glaw, chwibanu'r olwynion yn troi a throi a throi, a hisian yr injan. Fe'i llusgodd ei hun tua'r drws cefn agored, ac wedi cyrraedd, ciledrychodd o'i gwmpas drwy'r glaw. Ni welai'r un dim. Neidiodd o gefn y fan, a bu bron iddo neidio'n ôl yn syth wrth iddo gael trochfa.

Trotiodd Nick at flaen y fan, a gweld y car yn falurion, ac ochr y dreifar wedi ei wasgu fel mewn feis. Edrychodd i mewn i'r fan ac yno y gorweddai'r ddau ddyn diogelwch. Prociodd Nick un ohonynt a chlywodd ocheniad yn dod o'r corff. Agorodd y drws a llusgo'r corff llipa i'r glaw. Roedd y creadur yn cwyno ac yn gwaedu ond, heb fawr o seremoni, rhwygodd Nick y gôt oddi ar y dyn a'i lapio amdano fo'i hun.

Aeth at y car. Dringodd dros y to ac i ochr y teithiwr.

Roedd bag llaw ar y llawr. A charcas yn sedd y gyrrwr. Gwraig oedd hi. Eitha smart. Unwaith, meddyliodd Nick. Rŵan roedd ei phenglog wedi ei hollti a gwaed yn matio'r gwallt, ac yn gorchuddio'r wyneb. Cydiodd yn y bag llaw a thyrchu ynddo. Fyddi di ddim angen hwn eto, meddyliodd. Daeth o hyd i bwrs, a'i agor. Pocedodd y canpunt. Roedd yno basbort hefyd. Agorodd y llyfryn marŵn. Roedd yr enw'n gyfarwydd. Pam? Gwenodd. Daeth llythyr ei fam i'w go. A'r rhestr.

Y bobl maen nhw'n 'garu.

A dechreuodd Nick chwerthin yn dawel.

26/ Duwies y dderwen

—i—

YMYSTWYTHODD HARRI. Edrychodd ar y cloc wrth ymyl y gwely: hanner awr wedi hanner dydd. Astudiodd y stafell: papur wal pinc, carped trwchus, lluniau o hogan fach gyfarwydd yn patrymu'r pared, teganau meddal a doliau yn dwmpath taclus mewn un gornel. Cysegrfan i blentyndod Harriet Angharad Morgan.

Cliriodd ei gwddw ac ysu am sigarét. Taflodd y dillad gwely o'r neilltu a rhoi ei thraed ar y llawr. Dawnsiai ei bodiau'n fodlon yn nefnydd cysurus y carped. Roedd hi hyd yn oed yn gwisgo'r crys-T a brynodd ei mam iddi ar ei phen blwydd yn bymtheg oed – hwnnw efo llun Paul Young arno. Rhyfedd i Mam ganiatáu i mi gysgu efo dyn 'radeg honno, meddyliodd.

Cyn iddi godi ar ei thraed, daeth cnoc ar y drws, a daeth ei mam i mewn. "Sut wyt ti, Angharad? Ydi pob dim yn iawn? Gysgist di?"

Brathodd Harri ei thafod.

Angharad. Angharad.

"Do, diolch, Mam."

"Ddois i â choffi i chdi." Rhoddodd Meg Morgan y gwpan ar y bwrdd bach wrth ymyl y gwely, a synfyfyriodd am eiliad gan adael i'w llygaid deithio o gwmpas y stafell. Yna edrychodd ar ei merch a oedd yn sipian y coffi. "Croeso i chdi ddŵad yma i aros," meddai Mrs Morgan.

"Wn i. Diolch Mam." Roedd fforensig a swyddogion SOCO a phobol na welodd Harri yn ei byw yn tyrchu o gwmpas ei fflat yn sgil y gwarchae.

"Sut olwg oedd ar y fflat? Oeddach chdi wedi llnau?" gofynasai ei mam pan welsaihi Harri ar ôl y gwarchae. Roedd Mam wedi gwneud brecwast hwyr iddi, ac wrth weld ei merch yn pendwmpian wrth fwrdd y gegin, roedd wedi mynnu ei bod yn mynd i'r gwely. Doedd Harri ddim am daeru; a dweud y gwir roedd hi angen cwsg. Ac ar ôl bwydo Ffaro efo dau lond tun o Pedigree Chum a brynodd Mam y bore hwnnw, aethai Harri i fyny'r grisiau. I'w chysegrfan.

Gwisgodd Harri tra yfai'r coffi. Roedd ei mam yno o hyd yn tacluso'r gwely.

"Pryd gei di fynd yn ôl i'r... fflat?" holodd Mrs Morgan.

"Dwn i'm. Heddiw rhyw ben faswn i'n meddwl."

"Does 'na'm rhaid i chdi. Wyddost ti hynny."

"Wn i. A diolch, ond..."

Yn sydyn, cydiodd Mrs Morgan yn ei merch a'i chofleidio'n dynn. Rhewodd Harri a'i breichiau allan fel melin wynt. Roedd yn ansicr o'r ffordd i ymateb a hithau heb arfer efo'r fath ystum o emosiwn gan ei mam. "Rho'r gorau i'r lol gwirion 'ma, Angharad. Ty'd adra a gadael y polîs. Tydi hyn ddim wedi dysgu gwers i chdi, dŵad?"

Gadawodd Harri i'w mam gofleidio a chofleidio. "Mam. Plis. Peidiwch â dechrau.

Rhyddhawyd Harri o'r feis cariadus. Aeth Mrs Morgan at fwrdd ymbincio ac arno luniau o'i merch yn blentyn.

Cododd un o'r lluniau a syllu arno tra gorffennai Harri wisgo amdani. "Biti na fasa'r glaw 'ma'n stopio," meddai Mrs Morgan yn ddagreuol. "Rhywrai 'di 'u lladd yn dre heddiw."

"O, pwy?" gofynnodd Harri gan dynnu siwmper dros ei phen.

"Doctor; a dreifar rhyw fan."

"Doctor?" meddai Harri, a'i meddwl ymhell, a'i bysedd yn clymu careiau'r Doctor Martens

"Daron Griffith." Fel ergyd o wn.

Ffwndrodd bysedd Harri. Daeth rhyw wendid i'w stumog.

Daron. Nid Darren, naci?

"Bechod," meddai Mrs Morgan.

Duwies y dderwen.

Neidiodd Harri ar ei thraed a chythru yn ei chôt. "Na! Na!" ymbiliodd wrth ruthro trwy ddrws y llofft.

Trodd Mrs Morgan i weld cysgod ei merch yn sgrialu i lawr y grisiau. "Angharad! Angharad!"

—ii—

Tŷ braf, meddyliodd, o'i guddfan y tu ôl i glawdd yr ardd fawr. Ond byddai cwt mochyn yn braf yn y tywydd yma. Roedd o'n wlyb doman; roedd afonydd yn llifo o'i gorun, dros ei wyneb, ac yn ei ddallu bron. Roedd ei ysgwydd yn gïaidd erbyn hyn, a phryderai fod yr asgwrn wedi cracio. Ystwythodd ei fraich a'i hestyn uwch ei ben. Na, jyst yn stiff, penderfynodd. Edrychodd i fyny ac i lawr y lôn gefn. Dim hanes o neb. Syllodd eto i gyfeiriad y tŷ. Goleuadau; felly roedd rhywun i mewn. A gwyddai'n iawn pwy oedd y rhywun honno.

—*iii*—

Ni chyhoeddwyd y ffaith bod Nick Davies â'i draed yn rhydd. Doedd dim awydd gan yr awdurdodau ddychryn y cyhoedd, ac roeddent yn ffyddiog o fedru cael gafael yn y lleidr. Wedi'r cwbl, tipyn o dwpsyn oedd Davies; nunlle i fynd, dim pwrpas i'w fywyd. Byddai dan glo erbyn nos.

* * *

Erbyn iddi gyrraedd yr ysbyty gwyddai Harri fod Nick wedi dengid yn sgil y ddamwain. I'r orsaf yr aethai hi gynta, i chwilio am Joel ond, wrth gwrs, doedd o ddim yno. Gwelsai Dilys Ellis, a ddywedodd wrthi am ddiflaniad Nick, a bod yr inspector yn yr ysbyty.

"Fedra fo ddeud fawr ddim wrtha i," meddai'r Uwcharolygydd. "Fuo fo 'rioed yn un da am ddangos 'i deimladau; a tydi hynny'n fawr o help ar adeg fel hon."

"Be am Nick Davies?"

"Ddown ni o hyd iddo fo. Peidiwch chi â phoeni amdano fo, sarjant. Ddyliach chi fod gartra ar ôl yr hyn a ddigwyddodd."

"Dw i'n iawn, ma'am; dim problem."

Rŵan, roedd aroglau'r cemegau'n ymlwybro i'w ffroenau, a sŵn ei thraed yn y coridor diaddurn yn gymysg â synau'r cleifion yn ymyrryd â'i meddyliau wrth i Harri geisio dod o hyd i Joel. Roedd yn gas ganddi ysbytai. Trodd i'r chwith a stopio'n stond. Dyna lle'r oedd o. Yn eistedd ar gadair, ar ei ben ei hun. Tynnodd Harri anadl a mynd ato. Cododd Joel ei ben a syllu arni, ond ddywedodd o'r un gair; suddodd ei olwg drachefn.

Aeth Harri ar ei chwrcwd o'i flaen a gafael yn ei ddwylo; edrychodd arno am ychydig. "O Joel," meddai'n dawel.

Edrychodd Joel arni, a sylwodd Harri ar y newid sydyn. Diflannodd y gwacter tywyll o'r llygaid, ac yn ei le codwyd mur i guddio'r boen.

"Harri," meddai, efo cydymdeimlad yn ei lais. "Sut wyt ti? Wyt ti'n iawn? Ddylia chdi fod adra. Dwyt ti'm isio bod yn fan 'ma. Wyt ti'n iawn? Yli," meddai, gan sefyll a chydio'n dyner yn 'sgwyddau Harri a'i gosod i eistedd yn ei gadair, "ista lawr. Wyt ti'n iawn?" Roedd Harri'n fud, yn ddryslyd. "Fydd pob dim yn iawn. Beth bynnag y medra i 'neud," meddai'r inspector eto. Rhedodd law drwy'i wallt du trwchus, y gwallt a oedd fel arfer mor daclus ond a oedd rŵan mor flêr. "A' i... ia, wyt t'isio panad? Panad ia? A' i i nôl panad i chdi." A dechreuodd gerdded oddi wrthi.

Cythrodd Harri yn ei law. "Joel," meddai.

Edrychodd arni. A gwelodd Harri'r mur yn adfeilio. Safodd ar ei thraed wrth i'r llifogydd rwygo trwy'r argae a godasai Joel i guddio'r tristwch. Gorffwysodd yntau ei ben ar ei hysgwydd a chrio'n dawel. Gwasgodd Harri'r dyn yn ei breichiau, a'i siglo fel pe bai'n blentyn.

27/ *Cynnau fflam ar hen aelwyd...*

—i—

ROEDD YN GAS GANDDI'R CI. Roedd ganddi ofn mynd yn rhy agos at y bwystfil a gysgai'n dawel wrth ddrws y gegin. Hwyr glas i Angharad ddod adra, a mynd â fo o 'ma. Safai Meg Morgan wrth ymyl y sinc yn syllu ar Ffaro. Lle'r aeth Angharad? meddyliodd. Fedra i 'neud dim â'r *peth* 'na'n gorwedd yn fan'na. Aeth Mrs Morgan i'r oergell. Jyst y peth. Cododd y stêc amrwd rhwng ei bys a'i bawd. Doedd hi ond wedi prynu'r darn cig ar gyfer cinio ei merch; ond a honno wedi ei heglu hi... wel, pam lai?

"Ci... Be 'di d'enw di, dŵad? Ci? O ia, Ffaro. Ffaro?" Deffrodd Ffaro o'i freuddwydion a gweld Mrs Morgan yn dal y darn cig rhwng ei bys a'i bawd. "Ty'd rŵan," meddai Mrs Morgan gan fynd wysg ei chefn yn ara deg o'r gegin. Safodd Ffaro a'i ystwytho'i hun. Dilynodd y wraig â'r cig. Agorodd Mrs Morgan ddrws y twll-dan-grisiau. "Yli, cig neis," meddai wrth y ci mawr a oedd erbyn hyn yn eistedd yn nrws y gegin. Crafodd Ffaro'i glust efo'i droed ôl. "O'r nefoedd, gen ti chwain hefyd." Agorodd Ffaro'i geg yn llydan a daeth rhyw wich bach o'i gorn gwddw. Fe'i hystwythodd ei hun drachefn, gan ymestyn ei draed mawr blaen a chodi ei ben-ôl i'r awyr. Camodd yn ei flaen eto, ac eistedd yn nrws y twll-dan-grisiau a'r darn cig ond rhyw droedfedd o'i enau.

"O nefi, wyt ti'n beth peryg yr olwg, 'n dwyt?" meddai Mrs Morgan gan daflu'r stêc i dywyllwch y twll-dan-grisiau. Dilynodd llygaid Ffaro'r cig. Ond symudodd o'r un fodfedd. Edrychodd ar Mrs Morgan drachefn. "Be sy? Dwyt ti'm yn lecio cig? Cig neis. Dos i gael cig neis."

Ond ddaru o ddim symud, dim ond syllu arni... fel pe bai'n disgwyl am rywbeth. "O drapiau," meddai Mrs Morgan. "Mae hi 'di dy drenio di, yn tydi? Be mae hi'n 'ddeud wrtha chdi?" Syllodd Ffaro arni. A disgwyl. "Cym o! Dos! Iawn!" Ond eistedd yno roedd Ffaro o hyd. "Be sy, y ci gwirion? Dwyt ti'm isio bwyd?" Neidiodd Ffaro ar ei draed a diflannu i ddüwch y twll-dan-grisiau. Caeodd Mrs Morgan y drws, a chau ei llygaid. Aeth ias drwyddi wrth wrando ar ddannedd Ffaro'n rhwygo trwy'r cnawd. "Bwyd," meddai'n dawel. "Da iawn, Angharad."

Llamodd Mrs Morgan i fyny'r grisiau; teimlai'n hapusach rŵan fod y ci dan glo. Byddai Angharad yn flin, mi wyddai hynny, ond roedd ganddi ofn y bwystfil, a dyna fo; ac roedd hi'n ddigon cynnes iddo yn y twll-dan-grisiau.

Aeth ati eto i lanhau stafell Angharad ac udo'r sugnydd llwch yn ei byddaru. Ni chlywai Ffaro'n crio wrth iddo sylweddoli ei fod wedi ei dwyllo ac ni chlywodd sŵn y gwydr yn nrws y gegin yn malurio wrth i law sleifio trwyddo a throi'r handlen.

—*ii*—

Roedd Ben Parry'n wynebu cyhuddiadau o gynllwynio, ymddygiad bygythiol, a chant a mil o rai eraill na ddeallai. Eisteddai yn y gell oer, ar ei ben hun, yn swnian fel babi. Berwai'r briwau ar ei freichiau fel lafa o losgfynydd. Aethid ag o i'r ysbyty, lle y golchwyd ei anafiadau gan nyrs ifanc ac y pigwyd ei din gan nodwydd detanws, cyn ei hebrwng i'r twll lle 'ma drachefn.

Roedd o wedi cael cynnig cyfreithiwr, ac er iddo wrthod – "Pam? I be? Dw i'm yn dallt" – roedd y ddau dditectif wedi mynnu dilyn protocol. Hogan neis o'r enw Siân Wheeler oedd un a ddywedodd wrtho, "Dyna fo, paid â phoeni, Ben, mi fydd pob dim yn iawn. Jyst deuda'r gwir". Rhyw ddyn blin, pen moel o'r enw Slater oedd y llall. Felly, yn ystod y cyfweliad, roedd dyn ifanc efo siwt lwyd a thei Donald Duck yno hefo fo, yn dweud bob hyn a hyn, "Mae 'nghleient i yn rhwbath-rwbath-neu'n-hyn-a'r-llall", gan ddefnyddio geiriau mawr, cymhleth wrth siarad efo'r ddau dditectif.

Ac roedd Ben heb ddeall hyd yn hyn be'n union oedd o wedi ei wneud. "Doedd gen i ddim dewis... mi dd'udodd Anti Gina fod yn rhaid i mi... ro'n i wedi dychryn... mi dd'udodd hi fod Miss Morgan wedi 'y nhwyllo fi... bai chi oedd fod Mam wedi marw, medda hi..."

Ond dyna lle'r oedd o, yn oer, yn unig, mewn poen, heb neb yn y byd. Dechreuodd ddeall am greulondeb y byd mawr blin; pa mor annheg oedd bywyd; sut y byddai pobl fel y rhain yn pigo ar bobl fel y fo. Gwasgodd ei wyneb i lawes ei grys gwaedlyd a chrio'n dawel, gan feddwl am Mam, gan feddwl am Anti Gina.

Ac wedyn roedd y drws wedi agor, a diolchodd fod rhywun, o leia, yn cofio amdano fo, ac nad oeddan nhw ddim yn bwriadu ei adael yn y twll lle 'ma i bydru.

A phwy oedd yno ond yr hogan o'r fynwent.

* * *

Roedd Harri'n ysu am sigarét, ond teimlai y byddai hynny'n beth ymosodol i'w wneud. Eistedd yno'n pwyso'n ôl yn ei sedd, yn chwythu mwg i'w wyneb, yn ei anwybyddu a hwnnw'n tagu a thagu? Na. Dim smocio.

"Sut wyt ti, Ben? Sut mae'r breichiau? 'Di dychryn oedd Ffaro 'sti."

Ysgydwodd ei ben a golwg anobeithiol yn ei lygaid. "Fydd hi'n Ddolig o fewn wythnosau. Be dw i am 'neud? Heb Mam? Heb Anti Gina?"

Edrychodd Harri ar ei bysedd yn plethu trwy'i gilydd, yn chwilio am rywbeth i'w wneud heb sigarét. Syllodd eto ar Ben a eisteddai gyferbyn â hi yn y stafell holi. "Dd'udodd Gina rwbath wrtha i. Ella 'i fod o'n golygu'r un dim. Ond jyst rhag ofn."

"Dim ond gwn dŵr oedd o. Doedd na'm rhaid iddyn nhw 'i lladd hi, nac oedd?"

"Nac oedd, Ben, ond doedd 'na neb i wbod hynny. A dd'udis i wrthi hi am... beidio."

"Roedd Anti Gina'n eich casáu chi. Chi ydi hogan y plismon saethodd Nick, yntê? Mi gofiodd hi. Chi ydi hi, yntê?"

"Ia."

"A 'dach chi'n ein casáu ni i gyd, medda Anti Gina."

"Tydi hynny ddim yn wir, Ben."

"Be? 'Dach chi'n deud bod Anti Gina'n deud anwiradd wrtha i. Fath â dd'udoch chi fod Mam yn ddynas ddrwg, a'i herlid hi, a gneud iddi... farw." Roedd o'n ddagreuol erbyn hyn.

"Mae'n ddrwg gen i am dy fam, Ben. Dw i yn gwbod sut rwyt ti'n teimlo. Cofia dw i 'di colli 'nhad."

"Ydach chi'n gwbod? Ydi o ots gynnoch chi go iawn? Pan welis i chi yn y fynwent, ro'n i'n meddwl 'ych bo' chi'n hogan neis, a do'n i ond am roi blodau i chi."

"Dw i'n gwbod hynny. Ddyliwn i ddim fod... ddim fod wedi 'neud be 'nes i. 'Nest di godi ofn arna i."

"Ydi hynna'n digwydd bob tro mae rhywun yn rhoid blodau i ferch? Neu jyst i fi."

"Jyst digwydd pigo ar yr hogan rong, yn y lle rong, ar yr amser rong, dyna i gyd. 'Y mai fi oedd hynny, Ben. A taswn i'n gwbod, wel, faswn i wedi bod wrth fy modd yn cael blodau gen ti."

"Wir, rŵan? Dim jyst deud 'dach chi."

Cyffyrddodd Harri yn ei law. "Wir," meddai. Tynnodd ei llaw yn ôl.

"Roedd 'ych llaw chi'n gynnes, yn sofft neis."

"Be am i chdi drio 'yn helpu i, Ben? Be dd'udodd Gina oedd 'Gei di lonydd – byth', dyna dd'udodd hi wrtha fi. A deud y bydda Nick yn dŵad i'n herlid ni i gyd. Be fasa hi'n 'feddwl?"

Ysgydwodd ei ben, mewn dryswch, ddim yn deall, yn golledig.

"Dim ond siarad yn wirion oedd hi, wyt ti'n meddwl?"

"Dwn i'm... o, dw i'n cofio rhwbath... "

"Cofio be, Ben?" Roedd 'na brysurdeb yn llais Harri.

"Cofio be dd'udodd hi." Oedodd Ben a chrafu ei gorun.

"Ben?" ysgogodd Harri.

"Do'n i'm yn cofio, o'r blaen, pan oedd y ddau arall yn fy holi i, wir."

"Cofio be?"

"Anghofio 'nes i. A' i ddim i fwy o draffarth na 'naf?"

Roedd Harri'n dechrau colli amynedd efo'r dyn, ond brathodd ei thafod a gwasgu ei dwylo'n ddyrnau. Sigarét, sigarét, sigarét, meddyliodd. "Mi fydd pob dim yn iawn. Digon naturiol i rywun anghofio; a'r fath stŵr 'di bod," cysurodd.

"Wel," dechreuodd Ben, "mi dd'udodd hi rwbath am wbod pob dim amdanach chi – 'bob un wan jac'," meddai Ben a'i wyneb yn goleuo fel pe bai'n blentyn ysgol yn plesio athrawes drwy roi'r ateb cywir.

" 'Bob un wan jac'," ailadroddodd Harri.

"Ac roedd Nick yn gwbod hefyd."

Crynodd pengliniau Harri ac fe'i gwthiodd ei hun yn ôl yn ei chadair a'i llygaid yn bygwth ffrwydro o'i phen. Cythrodd yn y bocs Marlboro, rhwygo sigarét ohono a'i thanio, gan dynnu'r mwg i'w 'sgyfaint.

" 'Mae un ohonan ni'n siwr o lwyddo', dyna dd'udodd Anti Gina. Dw i'n cofio. Mae hi'n haws siarad efo chi, Miss Morgan. Jyst sgwrsio," datganodd Ben yn llwyddiannus.

Ond roedd meddyliau Harri ymhell, yn driphlith-draphlith, a'i phen yn chwildroi. "Be mae Nick yn 'wbod? Be?" gofynnodd yn robotaidd.

"O, bob dim, Miss Morgan. Fo ac Anti Gina. 'Pob dim', medda hi. 'Ble maen nhw'n byw, pwy maen nhw'n gar...' " Ond roedd Harri ar ei thraed, ac wedi agor y drws. "Miss Morgan! Miss Morgan! Un peth."

Trodd i'w wynebu a'i hwyneb yn welw. "Be Ben?"

"Ar ôl hyn... os do i â blodau i chi...?"

Ond roedd Harri wedi mynd, a gwyliodd Ben wrth i'r drws gau'n ara deg a gwich y colfachau'n swnio fel gwaedd ei galon yn plymio i bydew diddiwedd.

28/ ... yn llythrennol

i

Crafu, crafu, crafu... Un yn crafu'r bwrdd ac yn creithio'r pren â'i ewinedd budron; y llall yn crafu drws y twll-dan-grisiau, yn ysu am gael ei ryddhau o'i garchar tywyll.

"Be 'di o? Blaidd?" gofynnodd Nick Davies gan dyllu i'r pren efo'i fysedd.

Ddywedodd Meg Morgan yr un gair, dim ond eistedd yno'n syllu ar y dyn dychrynllyd 'ma, y dyn a saethodd Robert, y dyn a chwarddodd arni a chodi dau fys pan gafwyd o'n ddieuog o geisio llofruddio'i gŵr. Roeddan nhw'n eistedd gyferbyn â'i gilydd wrth fwrdd y gegin fel dau chwaraewr gwyddbwyll.

"Fasach chi'n meindio peidio â chrafu 'mwrdd i," meddai Mrs Morgan o'r diwedd mewn llais crynedig.

Gwenodd Nick arni gan ddangos ei ddannedd budron. Neidiodd ar ei draed a rhuthro heibio iddi. Roedd yr oglau chwyslyd oedd arno yn codi cyfog arni. Clywodd Mrs Morgan y tresmaswr yn tyrchu trwy ddrôr a phan ddychwelodd â chyllell fara yn ei law, ddaru hi ddim sgrechian, na gwingo, nac ymbil. Ni fyddai'n caniatáu hynny iddi'i hun; iddo fo gael mwynhad.

Trywanodd Nick y bwrdd efo'r gyllell, a dechrau malurio'r pren. Cerfiodd:

NICK DAVIES OK
FUCK OFF COP HORE
I BERY COPS

"Nid felly 'dach chi'n sillafu *whore*," meddai Mrs Morgan, a'i llais yn llonydd. "Mae 'na 'w' ar ddechrau *whore*."

"BE!" ebychodd Nick, gan wasgu'r gyllell nes i'w ddyrnau droi'n wyn.

"A *bury*, BI – U BEDOL – ER – Y," meddai'r wraig yn ofalus er bod ei nerfau fel llinyn bwa ar fin tanio.

"Ffyc off!"

Caeodd Mrs Morgan ei llygaid a gwingo fel pe bai'r rheg yn forthwyl a oedd newydd fathru ei llaw i bren y bwrdd.

Dechreuodd Ffaro gwyno a chyfarth.

"Fan'na 'dach chi'n cadw'r ci? Ddyliach chi gael ych gneud am *cruelty to animals*," dwrdiodd Nick. "Reit, gneud 'yn hunan yn barod." Aeth at y ddau gan coch a eisteddai'n driw wrth ddrws cefn y tŷ.

"Peidiwch. Pam na 'newch chi fynd. A'n gadael ni i fod," meddai Mrs Morgan.

Dechreuodd Nick chwerthin. " 'Ych gadael chi i fod," dynwaredodd, "a chithau 'di lladd Mam?"

" 'Nes i'm lladd 'ych mam chi."

"Ddaru'ch hogan fach chi, 'ndo? A gweddill y moch."

"Naddo ddaru hi ddim. Ddaru hi'r un dim. Eich mam oedd ar fai..."

"Cau dy geg, yr hen bitsh!"

"... a chitha oedd ar fai am yr hyn a ddigwyddodd i chi..."

"Cau dy geg!"

"... neb arall, chi, chi saethodd 'y ngŵr i..."

"Ddylia fo ddim 'di bod 'na!"

"... chi gerddodd i'r swyddfeydd post 'na efo gwn, hi gerddodd i fflat Angharad; tyfwch i fyny, Nicholas Davies, a dysgwch gymryd y cyfrifoldeb..."

CLETSH!

Gwasgodd Mrs Morgan ei llygaid ynghau, brathodd ei gwefus a chau ei dwylo'n ddyrnau. Llosgai ei boch, a gwyddai fod y croen yn goch. Ond gwrthodai grio; ataliodd y dagrau.

Anadlai Nick fel pe bai newydd redeg ras. "Ylwch. Ylwch be 'dach chi'n ei gael am ddeud anwiradd. Actiwch yn gall, reit. Actiwch fel 'naethoch chi drws nesa. Byhafiwch."

Oedd, roedd Meg Morgan wedi rhoi perfformiad gwerth chweil. Ar ôl ei bygwth, a bygwth ei merch, a bygwth ei chymdogion a'i ffrindiau, gorchmynnodd Nick iddi fynd drws nesa i ofyn am ddau gan o betrol i'r car. Safodd yn y drws cefn a'i gwylio yn sgwrsio efo'r dyn. Roedd hwnnw wedi cynnig mynd â Mrs Morgan i'r garej i nôl petrol, ond na, fedrai hi ddim gadael y tŷ ar hyn o bryd... disgwyl Angharad adra... wedi cael profiad mawr... ypset... aros iddi ddŵad yn ei hôl. Dychwelasai'i chymydog efo dau lond can o betrol... a oedd erbyn hyn yn nwylo Nick Davies a'u gosododd rŵan ar y bwrdd o flaen Meg Morgan. Gwrthodai hithau edrych.

" 'Dach chi'm yn *meindio* os rho i'r rhain ar y bwrdd, nac 'dach, misus?" Medrai Meg Morgan ogleuo'r petrol. A'i glywed o'n sblasian o gwmpas y gegin wrth i'r dyn 'ma ei dywallt o ym mhobman. "Hei, chi," gwaeddodd Nick. "Hei," gwaeddodd eto, a phrocio Mrs Morgan. Agorodd hithau'i llygaid. " 'Sgynnoch chi'm fath beth â matsys, nac oes?"

—ii—

Taniodd Harri ei thrydedd sigarét a rhegu gweddill y traffig a oedd yn gweu trwy'r strydoedd y pnawn hwnnw.

" 'RHOSWCH GARTRA! CHLYWSOCH CHI MO'R TYWYDD, Y DIAWLIAID!" Pwysodd y corn ac utganodd hwnnw'n undonog. Ac fel pe bai'n dymor paru ceir, dechreuodd cyrn eraill seinio yn y strydoedd, ac ymunodd Harri yn eu gwichian.

Gwyddai fod Nick Davies wedi mynd i gartre ei mam; roedd greddf yn dweud wrthi. Os oedd rhestr yn bod, rhestr ddial, ati i hi y byddai'n mynd i ddechrau, roedd hi'n sicr o hynny. Dechrau o'r dechrau, fel petai; efo teulu'r plismon yn y swyddfa bost. Ond pwy arall oedd i ddiodde? Joel? Efallai. Ond roedd Joel wedi diodde digon yn ei meddwl hi; ac a dweud y gwir doedd o ddim wedi chwarae rhan amlwg yng nghwymp Nick Davies a'i deulu. Ond beth am Jack Lloyd a Don Morris? Chwaraeodd yr un o'r ddau ran uniongyrchol yn yr achos. Ond onid y nhw oedd dau o'r rheini a arestiodd Carol Parry dros y blynyddoedd? Siŵr o fod, a hwythau'n blismyn yma ers blynyddoedd mawr. Ond na, doedd 'na ddim trefn i'r llofruddiaethau. Pwy oedd i wybod ble y byddai Jack y noson honno? A Don? Roedd Gina wedi mynd yn bwrpasol i'w gartre. Ar ôl ei weld yn y stesion, wrth gwrs, y diwrnod hwnnw y daeth mam Nick i mewn; y diwrnod hwnnw y gofynnodd Gina Davies iddi, "Dw i'n dy nabod di, mechan i?"

Llwyddodd Harri, o'r diwedd, i'w thorri ei hun yn rhydd o'r traffig. Taranai'r car ar hyd lôn syth rŵan, gan daflu dŵr bob ochr iddo fel cwch rasio'n hyrddio trwy'r môr. A Harri, erbyn hyn yn sugno ar ei phedwaredd sigarét, yn trio ei pherswadio'i hun iddi fod yn ddoeth i beidio â sôn wrth neb yn y stesion. Roedd hi'n anodd dod o hyd i ddadl resymegol a fyddai'n cyfiawnhau ei phenderfyniad. Ond wedi dweud hynny, doedd yr hyn a droellai fel olwyn Gatrin yn ei meddyliau ar hyn o bryd ddim yn gwbl gyfreithlon.

—iii—

Gafaelai Nick yn y ffôn fel pe bai'n arf. "Reit, dowch yma," mynnodd.

Ni symudodd Mrs Morgan o'i sedd wrth fwrdd y gegin. Roedd petrol yn trochi ei thraed a'r oglau'n rhoi'r bendro iddi ac yn corddi ei stumog. Edrychodd ar y tresmaswr.

"Be 'dach chi am i mi 'neud, rŵan?" gofynnodd.

A'r diffyg dychryn yn ei llais yn ei gynddeiriogi, tynhaodd Nick Davies gyhyrau ei gluniau wrth geisio ei nadu ei hun rhag ei llusgo trwy'r petrol at y ffôn. Doedd o ddim yn hoff o'r gnawes yma. Doedd hi ddim yn swnian a chrio a begian. Jyst ista'n fan'na. Roedd hyn yn drysu Nick ryw fymryn, a doedd o ddim yn siŵr sut i ddelio efo'r ddynes. "Dw i isio i chi 'i ffonio... *hi*." Hisiodd y gair diwetha. "A deud wrthi 'mod i yma, yn disgwl amdani hi; ac os d'udith hi rwbath wrth rywun fydda i'n 'ych lladd chi, ac wedyn fe fydda i'n mynd ar 'i hôl hithau'r bitsh bach."

" 'Dach chi am i mi gynnwys y geiriau 'bitsh bach' hefyd, ynteu mater o ddewis ydi hynny?"

Dechreuodd Nick grynu a'i ddannedd yn brathu i'w dafod. "Ffwc o ots, reit. Jyst g'na," chwythodd drwy'i ddannedd.

Safodd Mrs Morgan, a'i thrwyn yn yr awyr, a'r un

arwydd o ofn ar ei hwyneb. Wrth iddi gythru'r ffôn o'i afael bu ond y dim iddi rwygo'r cebl o'r wal. Deialodd Mrs Morgan rif.

"Be 'di'r nymbar 'na?" holodd Nick.

"Llinell bersonol y 'bitsh bach'." Rhoddodd y ffôn i'w chlust ac aros. "Pnawn da, Meg Morgan sydd yma, mam y Ditectif Sarjant Harriet Angharad Morgan. Ydi hi'n bosib siarad efo'r Ditectif Harriet Angharad Morgan? Diolch," meddai mewn llais awdurdodol, ac yna wedi saib, "Helô, Angharad, dy fam sydd yma. Mae Nicholas Davies, y dyn a saethodd dy dad..."

Chwyrnodd Nick.

"... yma ac mae o am dy weld di. Mae o'n deud na ddyliat ti ddeud gair o dy ben wrth neb neu bydd o'n siŵr o 'neud drwg i mi, ac wedyn mi ddaw o ar d'ôl di... medda fo... dw i'n gwbl o ddifri..." Ciledrychodd ar Nick. "...Angharad... diolch yn fawr, hwyl rŵan." Rhoddodd y ffôn yn ei grud ar wal y gegin. "Hapus?" gofynnodd, a llamu drwy'r llyn petrol yn ôl i'w sedd.

Doedd Nick ddim yn siŵr iawn sut i ymateb. "Pryd... pryd bydd hi yma?"

Crwydrodd llygaid Meg Morgan drwy'r drws a arweiniai o'r gegin, heibio i'r twll-dan-grisiau lle'r oedd Ffaro wedi tawelu erbyn hyn, a thua'r drws ffrynt. "Mae hi yma'n barod."

—iv—

Rhoddodd y Ditectif Cwnstabl Paul Hughes y ffôn yn ôl yn ei grud, a golwg o ddryswch llwyr ar ei wyneb. Edrychodd i gyfeiriad y Sarjant Roger Doughty a safai o flaen llun o Nick Davies dan dapio trwyn y lleidr arfog yn feddylgar efo blaen ei bensil. Gwelodd y sarjant y cwnstabl ifanc yn crafu ei ben.

"Be sy, boi?"

"Ym... wel, dw i newydd gael yr alwad ffôn ryfedda fyw, sarj, do. Wyddoch chi ble mae Sarjant Morgan?"

—v—

Roedd Harri wedi ei dallu gan ffyrnigrwydd wrth iddi lamu i gyfeiriad Nick Davies.

"Hy?" ochneidiodd wrth ei gweld yn rhuthro amdano fel llewpart, a syrthiodd yn ei ôl pan hyrddiodd y sarjant yn ei erbyn.

Gwthiodd Harri ei ben i'r petrol, gan ysgyrnygu ei chasineb, wrth i'w hewinedd rwygo ei groen a thynnu ei wallt. Llifodd y petrol i'w glustiau, a gwaeddodd wrth i'r hylif sbrencian i'w ffroenau ac i'w geg. Cydiodd yng ngarddyrnau ei ymosodwraig a cheisio'i gwthio oddi arno. Trodd Nick ar ei ochr, a disodli Harri. Efo'i hewinedd o hyd yn ddwfn yn ei sgalp, anwybyddodd y dwrn a gafodd yn ei 'sennau.

"Gad i fi fynd yr ast!" sgrechiodd Nick, gan ei dyrnu eilwaith.

Ffrwydrodd y gwynt ohoni'r tro hwn, a rhowliodd yn y petrol. Safai Nick uwch ei phen a'i chicio yn ei hochr. Plygodd a chythru yn ei gwallt a oedd yn wlyb gan betrol a glaw. Gwaeddodd Harri, yn fwy o wylltineb nag o boen, wrth i Nick ei llusgo ar draws y stafell gerfydd ei gwallt. Tynnodd hi ar ei thraed.

"Bitsh! Ffycin bitsh!" rhuodd gan ddinoethi ei ddannedd, a'i wyneb yn crychu'n fap o gasineb.

Daeth pen-glin Harri i fyny i'w stumog. Tagodd Nick,

ond daliodd ei afael. Twlciodd Harri yn ei thrwyn efo'i dalcen seimllyd; roedd hi'n gweld sêr, a'r boen yn drydan yn ei hwyneb, a gwaed yn gynnes ar ei gwefusau. Caeodd yntau ei ddwylo am ei chorn gwddw a gwasgu a sgrechian, "Bitsh! Bitsh!", ond rŵan roedd Harri wrthi'n trywanu ei hewinedd i'w foch, yntau'n sgrechian ac yn dod â'i ben-glin i'w stumog hithau, a Harri'n cyfogi, a'i ddwylo o'n gwasgu'n dynnach. A'i phen yn troi a'i gwynt yn fyr, rhoddodd Harri ei dwylo am gefn gwddw Nick Davies a'i dynnu tuag ati; gwenodd yntau a dweud, "Isio sws wyt ti, ia?", a gadael iddi dynnu ei wyneb tuag ati a dal i wenu hyd nes i ddannedd Harri gau fel feis am ei drwyn. Sgrechiodd yntau mewn poen a gollwng ei afael ynddi; yna troi ei gefn gan grudo'i drwyn gwaedlyd yn ei ddwylo.

Dechreuodd Harri ddod ati hi ei hun, a gweld ei mam yn stryffaglu i agor drws y twll-dan-grisiau.

"Fedra i'm agor y drws, bach," meddai wrth ei merch; gwnaeth ei llais llonydd i Harri oeri drwyddi.

"Pam... pam 'dach chi'n...? " ffwndrodd Harri dan chwythu gwaed o'i thrwyn.

"Ddrwg mawr gen i am 'i roid o'n fan 'ma, ond... Tynnodd y drws yn agored. Rhuthrodd Ffaro dan gyfarth a glafoerio i'r gegin. "... gas gen i'r ci 'ma."

A sgrechiodd Nick eto wrth i'r bwystfil daflu ei hun arno.

* * *

Medrai Paul Hughes glywed y gyflafan wrth ruthro ar hyd y llwybr tua drws ffrynt cartref Meg Morgan. A dau blismon mewn iwnifform yn ei ddilyn, fe'i gwthiodd ei hun drwy'r drws agored. Gwingodd wrth i oglau petrol daro'i ffroenau. Wrth ymyl y grisiau, eisteddai gwraig ganol oed yn crio'n dawel; ac yn nrws y gegin, yn edrych fel pe bai wedi bod mewn rhyfel, safai Harri Morgan.

Gwelodd ffurf fawr ddu yn nghefn y gegin, ac oddi tani bâr o goesau'n cicio'n wyllt. A chlywodd y sgrechian, y chwyrnu, a'r rhwygo.

"Paul," meddai Harri, gan ei thynnu ei hun ar ei thraed. "Mam, dos â Mam o 'ma. Nick Davies," meddai. "Mae 'nghi fi... dim ond arnaf fi 'neith o wrando, ewch o 'ma, 'neith o droi arnach chi."

Gan mor amharod oeddynt i rannu'r un profiad â Nick Davies, doedd Paul na'r plismyn eraill ddim am loetran. Cydiodd un o'r plismyn ym mraich Meg Morgan a'i harwain o'r tŷ. Dilynodd Paul nhw, gan giledrych dros ei ysgwydd ar y dinistr, cyn cau'r drws ffrynt.

* * *

Pwysodd Harri ar wal y gegin yn gwylio Ffaro'n creu maes rhyfel o gorff Nick Davies. Roedd y chwyrnu cynddeiriog a'r sgrechian yn hollti ei phen, ond gwylio a gwrando a ddaru hi. Stranciodd Nick, a'i freichiau'n amddiffyn ei wyneb rhag y dannedd miniog gan ddwyn pwysau'r ymosodiad.

" 'NÔL!" gwaeddodd Harri.

A chyn gynted ag yr atseiniodd y gair yn ei glustiau, rhoddodd Ffaro'r gorau i gyfarth ac ymosod. Rhedodd o'r neilltu, ac eistedd wrth ymyl ei feistres. Roedd ei dafod yn hongian yn llipa o'i geg, a'i weflau'n sgarlad.

Gwingodd Nick Davies yn y gwaed a'r petrol. Roedd cnawd ei freichiau'n rhubanau, ei wyneb hefyd wedi dioddef, a'i frest wedi ei friwio gan bawennau mawr y ci.

Pwysodd Harri ar y bwrdd. Fe'i câi hi'n anodd i anadlu, ac roedd ei chorff yn brifo drosto. "Wyt ti'n meddwl mai dyna fo?" sibrydodd yn frwnt. "Yli."

Criai Nick. Tynnodd ei freichiau o'i wyneb gwaedlyd, a'i lygaid fel dwy belen wen yng nghanol y coch. Agorodd ei geg i sgrechian, ond ni ddaeth ond rhyw wich o'i gorn gwddw. Mentrodd eto, gan fod yr hyn a welai yn haeddu gwaedd.

Roedd Harri'n sefyll yn y petrol efo Zippo yn ei llaw. Dawnsiai'r fflam yn nwydus.

29/ Natur hyn oll

—*i*—

Noswyl Nadolig, 1999

GWACTER O HYD. Fel perfeddion nos. Ond yn llonydd erbyn hyn. Llyn tywyll, a'i waelod ynghudd i'r byd a hynt y ceryntau o dan y dŵr yn gyfrinach.

Roedd cysgodion yn dawnsio o gwmpas Joel Fôn wrth iddo eistedd ar ei soffa, a gwydraid o win coch yn ei law. Troellodd yr hylif melys yn y gwydr wrth wylio fflamau'r canhwyllau a addurnai'r stafell. Dyma'r modd yr arferai Joel a Daron ddynodi'r 'Dolig; dim coeden fach blastig; dim o'r trimins papur rhad; dim ond fflamau'n llosgi.

Ni wyddai ar hyn o bryd sut yr ymdopai hebddi hi dros yr Ŵyl; yn wir, dyma'r 'Dolig cyntaf iddo ei dreulio ar ei ben ei hun ers blynyddoedd. Cafodd wahoddiad gan Rwth, ei chwaer, a'i chiwed i dreulio'r diwrnod yn eu cwmni nhw, ond ni fedrai wynebu bod ymysg teulu hapus. Ac roedd ei rieni wedi dianc i Dingle, yng ngorllewin Iwerddon, fel y gwnaent bob 'Dolig.

Aethai tair wythnos heibio er claddu Daron, a dychwelai diwrnod yr angladd yn gyson i'w feddyliau. Roedd y glaw wedi pylu am y tro cynta ers wythnosau, a channoedd o bobl yn eu du wedi heidio i'r fynwent.

Roedd y rhan fwyaf o'r galarwyr yn ddiarth iddo, ond doedd hynny ddim yn syndod; doedd o ddim yn nabod Daron yn iawn, heb sôn am ei ffrindiau. Ceisiodd ddychmygu'r plentyn a fyddai wedi ei eni tua hanner ffordd drwy'r flwyddyn oedd i ddod. A'r hyn oedd yn ei rwygo'n fwy na dim, yn fwy na'i cholli hi hyd yn oed, oedd pam na ddywedodd Daron wrtho? Byddai'n treulio gweddill ei oes yn ceisio ateb i'r cwestiwn hwnnw.

Edrychodd ar y cloc; roedd hi bron yn un ar ddeg. Daeth rhyw iselder bodlon i'w orchuddio fel cynfas. Fel hyn y byddai pethau o hyn allan, ac waeth iddo arfer â'r sefyllfa ddim.

Canodd cloch y drws ffrynt. Ni symudodd. Pwy oedd yno'r adeg hon o'r nos? A'r gwin yn ei law, aeth at y drws a'i agor.

Gwisgai ei ymwelydd gap pêl-fas du ac roedd ei gwallt melyn hir wedi ei weu trwy'r twll yng nghefn y cap. Gallai Joel weld olion y cleisiau melyn o dan ei llygaid, er eu bod wedi pylu rhyw ychydig erbyn hyn, rai wythnosau ar ôl ymosodiad Nick Davies.

"Gwell eira na glaw," meddai hi gan wylio'r plu gwyn yn syrthio'n ysgafn o'r düwch.

Gwenodd Joel. Ni ddychmygai y byddai mor falch i weld aelod arall o'r hil ddynol. "Ty'd i mewn."

"Fedra i'm aros; Ffaro yn y car isio pi-pi," meddai Harri gan gicio eira oddi ar ei Doctor Martens a chamu heibio iddo i gynhesrwydd y tŷ. "Hei, neis," meddai gan siglo i rythm y cysgodion.

"Ia," meddai'n chwithig, "fel hyn 'dan ni'n... oeddan ni'n arfer gneud." Glaswenodd yng ngolau'r canhwyllau.

"Meddwl o'n i... 'Dolig aballu... bydd Mam a finna fory'n rhannu twrci. Fyddan ni byth yn gneud môr a mynydd 'radag yma o'r flwyddyn. Rhyw gofio Dad yn cael ei saethu... dim isio dathlu gormod, a meddwl... gofyn, plis..." Plethodd ei breichiau. "Plis fasa chdi'n dŵad draw."

Syllodd Joel ar ei draed. "Wel... dwn i'm... "

"A deud y gwir, 'sgen ti'm dewis."

"O, pam felly?" gofynnodd gan edrych arni.

"Dw i 'di prynu presant i chdi."

"Be ti 'di 'brynu?"

"Wel..." dechreuodd, cyn rhoi llaw ar ei gwefus. "Hei," meddai, gan bwyntio tuag ato mewn ffug-gerydd, "hen dric budur."

"Fasa hynny'n braf. Diolch, Harri."

"Grêt. Tua'r un 'ma. Grêt," meddai a syllu arno. Ac yntau'n syllu'n ôl. Ac ar ôl ennyd, dywedodd Harri, "Reit, well i mi fynd; un o'r gloch 'ta." Aeth at y drws a'i agor a Joel yn ei dilyn. A chan gamu i'r eira, trodd hi i'w wynebu. " 'Dolig gorau posib, Joel Fôn," meddai Harri, gan blygu 'mlaen a rhoi cusan ysgafn ar ei foch.

Safodd Joel a'i gwylio'n cerdded i lawr y llwybr a diflannu i'r fagddu.

—ii—

Gorweddai'r goes cyw iâr fechan ar y bwrdd fformeica a dafnau o rew o hyd yn glynu i'r cig. Gorffwysai Ben Parry ei ên ar ei freichiau. Roedd bellach wedi gwylio cinio fory'n dadmer am ddwy awr bron. Doedd ganddo ddim byd gwell i'w wneud.

Roedd y tŷ'n dywyll ac yn drewi; roedd llestri budron yn goferu o'r sinc, llwch yn llechu ym mhob twll a chornel a'r llenni wedi eu cau i gadw'r ddelwedd o

Nadolig perffaith o'r lle trist 'ma.

Caeodd ei lygaid a theimlo'r dagrau hallt yn bygwth unwaith eto. Be 'na i? Be 'na i? Doedd 'na neb, neb i boeni amdano fo bellach. Hwn fyddai'r 'Dolig cyntaf iddo'i dreulio heb ei fam. Ar ôl iddi farw, roedd o wedi gofyn i Anti Gina "Be 'na i dros y 'Dolig heb Mam?", a honno wedi dweud, "Paid â bod mor ddwl; gei di ddŵad i'r *Bull* efo fi".

Ond roedd Anti Gina wedi mynd hefyd. A Nick (er na fyddai Nick am dreulio'r 'Dolig efo'i gefnder) yn cael cinio fory efo gweddill y carcharorion tra oedd yn aros yr achos llys yn ei erbyn. Roedd hwnnw'n wynebu pob math o gyhuddiadau yn sgil yr hyn a ddigwyddodd yng nghartre'r blismones dwyllodrus honno; ond o leiaf, byddai gan Nick gwmni. Roedd y cyhuddiadau yn erbyn Ben wedi eu gollwng; ond y fo, Ben, a gafodd y ddedfryd waethaf.

Gafaelodd yn y gyllell fara seimllyd a phrocio'r ffowlyn truenus. Ni wyddai'n iawn sut i'w goginio; efallai na fyddai'n trafferthu. Crensiodd ei ddannedd wrth feddwl sut y bu iddo gael ei drin, yn enwedig ganddi *hi*. Roedd y casineb fel canser; yn tyfu o ddim; yn dinistrio'n ddidostur unrhyw ddaioni oedd yn weddill; yn bwyta i'r esgyrn, i'r cnawd, i'r organau.

Roedd Ben Parry yntau ar lwybrau tywyll, heb gysur y mapiau sy'n cadw'r gweddill ohonom rhag crwydro'n rhy bell.